KB140471

칼날엔 눈이 없다

칼날엔 눈이 없다

초판인쇄 | 2021년 3월 15일
초판발행 | 2021년 3월 20일

지 은 이 | 김한주
편집주간 | 배재경
펴 낸 이 | 배재도
펴 낸 곳 | 도서출판 작가마을
등 록 | 2002년 8월 29일(제 2002-000012호)
주 소 | 부산광역시 중구 대청로 141번길 15-1 대륙빌딩 301호
T. 051)248-4145, 2598 F. 051)248-0723 E. seepoet@hanmail.net

ISBN 979-11-5606-166-3 03810 ₩10,000

칼날엔 눈이 없다

김한주 시집

도서출판
작가마을

■■■ 시인의 말

긴 세월 떠돌다
수영강변 모래밭에 세운 이곳
강변아파트에 정착한 지 어느덧 15년,
당시 조성된 산책로 나무들이
여름이면 숲을 이룬다.
아마도 15번의 나이테를 더 매김하며
이만큼 이룩했으리라.
그동안 나는 이곳에서
10년 만에 첫 시집을 묶고
한갓되이 두 번째 시집을 또 묶는다.
강물은 아무런 매김도 묶음도 하지 않고
하얗게 웃으며 흘러가는데,
민망하다.

2021년 2월 수영강변에서
김한주

김한주 시집

차례

칼날엔 눈이 없다

제2부

김한주 시집

제 3 부

칼날엔 눈이 없다

제 4 부

제 5 부

제1부

얼룩지는 사월

이슥한 사월 비가 내리네 봄비 같지 않은 봄비가 내리네 밤을 새우고 아침이 지나도록 비가 내리네 이틀 내내 내리고 연사흘 째 내리네 한껏 각을 누인 거센 바람 타고 빗금 치며 내리네 연보랏빛 등꽃이며 영산홍 붉은 꽃잎 빗금 치며 떨어지네 얼룩이 지네 사월 뜨락이 온통 꽃잎으로 얼룩이 지네 눈부시게 빛나던 푸른 사월 얼룩이 지네 묵은 앨범 속의 사진처럼 얼룩이 지네 얼룩지는 사월이 빗금으로 기우네.

슬퍼도 슬프지 않은 듯이

때 이른 오월의 불볕더위에 후끈 달아오른 보도블록 위를 할머니가 가고 있다 땅에 떨어진 무엇을 찾는 듯이 'ㄱ' 자로 꺾인 허리 잔뜩 수그린 채 가고 있다 쏟아질 듯 낮춰진 머리 낙타처럼 치켜들고 꺾어진 키보다 더 긴 지팡이 잡은 팔에 온몸의 무게 의지하며 느릿느릿 바쁘게 가고 있다 검은 비닐봉지 하나 들고 오로지 걷는 일에 집중하며 보도블록 사이 지팡이 빠지지 않게 한 걸음 한 걸음 가고 있다 흡사 더듬이로 이리저리 길 찾아 가는 작은 벌레처럼 가고 있다 어쩌다 뒤에서 따르릉 자전거 요롱 소리 또각또각 하이힐 소리 들릴라치면 그 자리에 딱 멈춰 다 지나갈 때까지 기다리다 간다 지나는 행인들 벌레 보듯 비켜가며 제 갈길 가기 바쁘지만 사람들 저만치 먼저 보내고 할머니 바쁜 마음 더딘 몸으로 걷는 일에 열중한다 어디를 가는지 어디까지 가는지 그렇게 열심히 가고 또 가는 할머니 하루 종일 가겠다 휘어진 허리 그저 업보처럼 짊어지고 슬퍼도 슬프지 않은 듯이 온종일 가겠다 어쩌다 어쩌다 평생을 하루같이 그렇게 가고 또 가겠다

산동네의 추억

저만치 길게 늘어져 누워 있던 산그늘 기척도 없이 스러지고 땅거미 내려앉는 산동네 다닥다닥 따개비처럼 붙어있는 집집마다 밥 익는 냄새 질펀하게 피어올라도 동네 어귀 빈터에 뛰노는 아이들 웃음소리 그칠 줄을 몰랐지. 덜렁덜렁 흔들리며 깜박대는 가등 불빛에 얼룩지던 골목 여기저기 밥 먹자 엄마들 부르는 정겨운 소리 여러 차례 울리다 언성이 높아지면 그제야 재미나던 놀이 뒤로 하고 하나 둘 집으로 돌아가는 동무들의 발뒤꿈치 따라 아쉬움 같은 그림자 졸졸 따라 갔지. 떠들썩하던 산동네 빈터가 그야말로 한순간에 적막한 공터로 변했지. 그 텅 빈 공간에 눈망울이 커다란 여자아이 혼자 남아 보조바퀴 부러져 누운 두발자전거 옆에 우두커니 서 있었지. 긴 세월 깊은 기억의 골짜기에 가라앉아 이름도 생각나지 않는 그 아이, 어쩌다 가등 불빛 얼룩지는 골목길 지나다 불현듯 떠올라 가슴 저리게 하는지 몰라.

파도의 장난

바닷가 하얀 모래밭에 파도가 밀려왔다 밀려간다 나란히 줄을 서서 밀려왔다 밀려간다 하루에 두 번씩 습관처럼 들물 타고 밀려왔다 날물 타고 밀려간다 심해 심층에서 시퍼렇게 일어나 키운 몸집 다 줄어들어 말갛게 속이 다 보일 때까지 밀려왔다 밀려간다 모래밭에 남겨진 발자국 하나하나 스캔하며 스르륵 밀려왔다 스르륵 밀려간다 발자국 하나하나에 남겨진 수많은 사연들 낱낱이 스캔하여 쓸어간다 발자국에 담긴 햇빛이며 달빛 별빛 바람까지 남김없이 스캔하여 쓸어간다 스캔한 모든 것들 하얀 물보라로 부수어 쓸어간다 발자국에 새겨진 그 숱한 사연들 다시는 추억도 못하도록 흔적 없이 쓸어간다

동강 할미꽃

꼬부라진 허리에 하얀 솜털 보송보송 호호백발 할머니 절로 생각나는 그런 꽃이 아니어라. 동강 석회암 절벽 비탈에 꼿꼿이 허리 세우고 고귀한 자태로 동강을 바라보며 애절한 그리움 하염없이 삭이는 꽃이어라. 진자주 연자주 보랏빛 남빛 고결한 빛깔만큼 더하는 애처로운 꽃이어라. 임금 자리 내주고 목숨까지 잃은 지아비 위해 아침저녁 소복단장 동망봉東望峯*에 올라 흘리던 피눈물, 자주동천紫芝洞泉* 염색터에 풀어내던 핏빛 어린 염색물, 동강 푸른 물이랑에 수백 년 파묻고도 스러질 줄 모르고, 스치는 바람 따라 일고 또 일며 어제인 듯 살아나는 비통함 끌어안고, 수천 년 두고두고 다시 피고 피어나는 한 맺힌 그런 꽃이어라, 그런 꽃이어라.

* 동망봉東望峯은 단종비 정순왕후가 매일 조석으로 올라 영월을 바라보며 단종의 명복을 빌었다는 산봉우리.
* 자주동천紫芝洞泉은 단종비 정순왕후가 생계를 위해 염색을 하던 곳으로 이곳에서 빨래하면 저절로 자주색 물감이 들었다고 함.

무죄無罪

부슬비 내리던 간밤 중부내륙고속도로 하행선 현풍 지나 어디쯤에서 핫바지 멧토끼 한 마리 무단 횡단하다 시속 100km의 검은 고급 승용차에 치여 사망했다.

아무도 못 봤다.

저만치 모내기 끝난 어둔 들녘에서 개구리들이 밤늦도록 울어댔다.

물같이 살아야 살겠네

산골짝 개울 따라
아래로 흘러가다 이 개울 저 개울
두루 만나 모여드는 물,
저마다 낮은 곳에 머물 줄 알아
서로 다투지 아니하고
시내가 되고 하천으로 불어나
작은 강 큰 강 되어 바다로 가네
아무리 비좁은 바위 틈새도
아무리 높은 낭떠러지도 마다하지 않고
불평도 포기도 모른 채 흘러가네
그저 지나는 길에 만물을 먹여 살리고
어떤 그릇에나 모양을 맞춰 주며
이슬 서리 안개 눈 비 어떤 변화에도
본질을 잃지 않고 포용하고 순응하며
바위를 부수고 산을 무너뜨리는
무시무시한 힘 지니고 있으면서도
결코 겸손과 부드러움 잃지 아니 하네
누가 물처럼 사는 것이
가장 아름다운 삶이라 하였던가
나, 이제라도 물같이 살아야
살겠네.

물내음 흙내음

길바닥에 널브러진
유리 파편 반사 빛에 눈 찡그리다
언뜻 떠올린 해묵은 기억 한 조각,
서해 북방한계선 아래쪽 바다에
뵈지 않는 금 그어놓은 경비구역 안에서
쳇바퀴 돌고 돌며 출렁거릴 제
사방 둘레 온통 바다, 바다, 바다
갈매기도 오지 않는 한바다
때로 날씨 좋으면 멀리 소청도가 보이더나
장산곶 어디쯤이 보이더나
해종일 파도가 튕겨내는 햇살 비늘에
두 눈 찔리며 오만상 지어대다
저녁이면 온 바다 불붙는 서녘하늘
날아가는 기러기 행렬 쫓아 시름 달래고
어둠 내린 밤이면 뱃머리 양쪽으로 흩날리는
연청백 인광 빛나는 물보라에 그리움 실어
거뭇한 하늘 높이 별빛으로 떠올렸네
물내음 진한 바다로 가면 흙내음이 그립고
뭍으로 돌아오면 물내음이 다시 그리운
내 젊은 날의 가없던 변덕,
출항할 때 입항할 때 모항 어귀 등대 불빛

채 보이기도 전에 물내음 흙내음
저 먼저 알아채던 코, 이제도 바다가
생각나면 코끝에 살아나는, 그때
그 물내음 흙내음.

물숨 삼키다 꿈을 깨다

밑도 끝도 없이 바다,
물속이다
온몸에 비닐 칭칭 감긴 채
발버둥치고 있는 나,
시간은 자꾸 가고 숨은 차오르고
아무리 몸부림쳐대도 마냥
그 자리 그대로다
이제 꼼짝없이 죽었구나!
더는 못 참고 물숨을 삼키다가
번쩍, 눈이 떠졌다
꿈이다!
등짝에 땀이 흥건하다
저만치 TV 혼자 떠들고 있는 것이
TV 보다 잠든 모양이다
연평도 농어잡이 어망마다 고기대신
끝없이 올라오던 오만 가지 비닐 쓰레기,
폐사한 향유고래 바다거북 뱃속에
가득 찼던 플라스틱 쓰레기,
식탁에 오른 물고기의 미세 플라스틱.
TV가 심어준 무시무시한 공포
꿈속까지 쫓아와 날 괴롭히네.

아침 풍경

햇살 물씬
한입씩 베어 물고
하얗게 노랗게 파랗게
수줍은 풀꽃들
건들바람에 살랑대는 둔치 산책로
걷고 뛰고 사람들
달려라 달려
강아지 자전거 전동 킥보드
저마다 다른 속도
북적북적 정신없어도
둔치 한쪽 농구장과 족구장 사이
언제나처럼 비둘기 예닐곱 마리
옹기옹기 오기종종
조찬 회동 중
아뿔싸, 풀숲 저만치 바싹 엎드려
호시탐탐 기회를 엿보는
한 마리
검은 고양이.

어떤 교감交感

봄은 아직 멀기만 하고
연일 맹위를 떨쳐대는 한파에
심신이 어질어질하다
두 눈 질끈 쇠빗장 질러놓고
초저녁부터 일찌감치 뜨끈한 방에
곤한 몸 고이 모셔 뉘었더니
잠결에 언뜻 누가 날 부르는 소리
자리 차고 뛰쳐나가니
마당 한가득 훤한 달빛 써늘하다
담벼락 높이 꼿꼿이 세운
목련나무 우듬지들, 달빛이 전하는
우주의 비밀 수신하느라 여념이 없는데
어찌어찌 그 비밀 하나 얻어 들을까
목련나무 아래서 기다리기를 한참,
시리다 못해 저려오는 귀와 코보다
터질 듯한 오줌보 참을 수 없어
목련 밑동에 대고 그냥 쏘아대는데
솥뚜껑 열 듯이 피어오르는 김 속으로
전신을 파고드는 한기에 감전되듯
연거푸 부르르 떨고 나니
온몸이 편안하고 답답하던 가슴
시원하게 뻥 뚫린다.

흔들리는 잣대

지-이잉 전기톱 소리
해종일 요란하더니 아파트 단지 내
크고 작은 수목 가지 휑하니 잘려나갔다
애당초 심은 간격 무시하고
그저 더 높이 더 넓게 뻗어나가다가
서로 엉키고 부대끼던 줄기와 가지
얄짤없이 다 잘렸다
더러는 몽당비 플라타너스 가로수처럼
몸통만 남아 섬뜩하니 참담하다
수목의 모양새를 다듬고
생장의 균형을 잡기 위한 처사라지만
햇볕 가리니 조망 가리니 일부 세대의 드센
입김, 조경관리사 눈과 귀를 흔들며
애먼 가지 많이도 잘려나갔을 것이다
균형을 맞추는 일,
어디 그리 쉬운 일이든가
흔들리는 잣대에 눈먼 톱니 함부로 날뛰다
하찮게 깨어지는 균형,
세상사 모두가 그저 그러려니 하자니
이제껏 날 지탱하던 것들마저
흔들거리고.

요양병원에도 해는 뜬다

외진 산자락 국도변에
우람하니 서 있는 신세계 요양병원
그 옆에 나란히 장례식장 붙어 있다
신세계 가는 먼 길 쉬이 가라고
이름도 똑같은 신세계인가
오가는 사람 드문 이곳 신세계에
웬일로 대낮부터 북적대나 했더니
요양병원에 어버이 모신 잘난 자식들
내일이면 해 바뀐다, 열 일 제쳐놓고
미뤄둔 숙제하듯 줄줄이 찾아오네
그래도 고맙지, 착하고 장하다
적막하던 신세계 웃음소리 넘쳐나네
어쩌다 젖아기 되어 누워서
먹고 싸는 할머니 한 분,
찾아온 사람 없어도 떠들썩한 소리에
말 대신 푹 꺼진 두 눈 반짝이며
합죽한 입 오물오물 그리움 다시는데
시간은 노을처럼 짧아서
어느새 새끼들 참새떼 날아가듯 떠나가고
허공에 겉도는 어버이들 마른 손짓,
기억은 아슴푸레 어둠 속으로 깊어지고

살아서는 나갈 일 없을 이곳 요양병원,
아무 것도 기약할 수 없는 내일이어도
새해, 아침 해는 떠오르리.

오월 한낮

딱따그르르
딱따그르르
숲속의 고요 흔들어 깨우는
딱따구리 소리
잠시 숨 고르는 시간
고요가 다시금 찾아오고
보드라운 햇살 다붓이 내려앉는
고즈넉한 수풀 어디선가
바람에 실려 오는 아카시아 향
창턱에 턱을 괴고 한껏 취해보는데
허공을 떠가던 민들레 홀씨 하나
살짜기 방충망에 걸터앉아
방안을 엿보다
눈이 딱 마주치자 아닌 척
가던 길 다시 떠가고
저 멀리 뻐꾸기 우는 소리에
못난 장끼 덩달아 울어대며
고요를 다시
깨운다.

샤스타데이지

장맛비 오락가락
달보드레한 햇살 간간이 챙겨
꼿꼿하게 뻗어낸 줄기마다
마가렛 같고 구절초 닮은
뭉실하니 노란 두상화 빙 둘러싼
새하얀 설상화 선명도 해라
강변 따라 무리 지어 피어나
걷고 뛰는 사람들 눈 환히 밝히더니
한바탕 휩쓸고 간 태풍 폭우에
속절없이 꺾이고 휘어진 허리
다시는 꽃피우지 못하리라 여겼더니
신통하고 방통해라
'ㄱ' 자로 휜 허리 'ㄴ' 자로 곧추세워
보란 듯이 꽃 피웠네 꽃을 피웠네
아무렴, 그렇지
세상에 죽으란 법은 없다지
암울하던 앞날에 서광이 비치고
맥없던 팔다리에 힘이 솟는다.

사월 끝자락

미세먼지 송홧가루
눈도 코도 답답한 사월 끝자락,
곤히 잠든 식구들 새벽잠 깨울세라
까치발 도둑 걸음 집을 나서는데
웬일로 반갑게 비가 오시네
제발 숨 좀 쉬게 흠뻑 내려라
속으로 주문 걸며 고속도로 달려
연구실 도착하니 비가 그친다
아쉽지만 깨끗해진 공기 마셔보자고
창문을 있는 대로 활짝 여는데
말끔한 공기도 일품이지만
창밖 희뿜한 숲속의 고요를 깨뜨리는
딱따구리 소리 귀를 홀린다
자신의 영역을 알리거나 짝을 찾는
딱따그르르 드르륵거리는 소리,
뿌유-우 뿌유-우 고운 노래 소리,
번갈아 올려대며 삶의 의지 일깨운다
한낱 새들도 새벽부터 부지런을 떠는데
육십 넘은 애비도 부지런을 떠는데
아직도 이불속 뒹굴 아들놈 생각하다
때 아닌 새벽부터 시름만 는다.

어항 속의 작은 세상

어둠을 밝혀라
거리로 거리로 몰려나간 촛불들
노도와 같이 포효하는 밤
베갯머리 심란도 해라
불 꺼진 거실 쪼그려 앉아
어항 갓 여린 불빛 속 작은 세상 하나
꿈속인 듯 들여다보네
하얀 모래판 위 높고 낮은 바위산
상큼하니 연녹색 빛나는 수풀 사이로
형형색색 금붕어들 한가로이 떠다니고
돌고 돌아 물레방아 시간을 거슬러
아슴푸레 들려오는 아이들의 웃음소리
별천지가 따로 없네
괜스레
애꿎은 담배 한 대 찾아 무는데
금붕어들 몰려와 아우성이네
니들이 뭘 안다고 까불어?
어항 등을 꺼버리네
세상이 지워지네.

가까이 마주서서 우두커니

아파트 등나무 정자 옆으로
소나무와 나란히 서 있는 사철나무,
건듯 바람이라도 불어오면
무성하게 잎을 단 기다란 가지 뻗어
소나무 허리 쓸어안고 비비고
시도 때도 없이 사부랑사부랑 조잘대며
허구한 날 귀찮게 굴어도
소 같은 소나무 꿈쩍도 하지 않는데
가까이 마주서서 우두커니, 나도
소나무

아파트 단지 수목 정지 작업 때
긴 가지 다 잘리고 단출해진 사철나무
바람 불어 좋은 날도 소용없어
해 좋은 날 어찌어찌 그림자 늘이어
소나무 허리 이리저리 건드리다
비벼대고 쓸어안고 온갖 짓을 다 해봐도
아무런 느낌 없어 애만 타는데
사시사철 사철나무 속만 타는데
가까이 마주서서 우두커니, 나도
사철나무.

제2부

작은 기쁨이고 싶다

산길 가다
언뜻 눈에 들어온 한 떨기
작은 들꽃

참 앙증맞기도 해라
가던 걸음 멈추고 쪼그려 앉아
가만히 들여다보는데

방긋방긋
배냇짓하는 갓난아이 보듯이
기분이 좋아지고

금세
착하고 어진 사람이라도 된 듯이
마음이 밝아진다

작은 들꽃 너를 닮아
나도, 나를 만나는 그 누군가의
작은 기쁨이고 싶다.

봄이다 꽃 핀다

민들레가 피었다

인적 뜸한 골목길
볕바른 담벼락
아래

부스러져 너즈러진 낙엽들 밀치고
파릇하게 돋아난 풀잎들
사이

봄 햇살 담뿍
노랑 저고리 가시내 배시시 말간
웃음 보낸다

가다 말고 슬며시 쪼그리고
눈 맞춤
살짝

꽃 핀다 봄이다

외로움도 멍한 가슴에 꽃이 핀다

노랑 저고리 눈빛에 홀려
사랑이 꽃 핀다.

봄날

감미로운 햇살
천 가닥 만 가닥 올올이 넘나들며
탄주하는 봄

오감을 휘감아
영혼까지 일깨우는 황홀한
연가

춤추는 꿀벌들
초당 이백 번이 넘는 날갯짓으로
필사적인 춤사위를 펼치고

연분홍빛 벚꽃
하아얀 가슴 다 드러나는 줄 모르고
흐드러지게 웃다가 떨어져

저 것 좀 봐
허공에 흩날리는
꽃비.

롱 패딩

꽁꽁
얼어붙는 도시의 거리
펭귄들이 몰려온다
버스 정류장에도 지하철역에도
온통
펭귄펭귄펭귄
황제펭귄 임금펭귄 아델리펭귄 마젤란펭귄,
훔볼트, 마카로니, 바위날기, 난쟁이
펭귄펭귄펭귄
이름만큼 생김생김 다양해도
패션은 하나
너나없이 롱 패딩 뒤집어쓰고
롱다리도 숏다리 숏다리도 숏다리
하나같이 뒤뚱뒤뚱
저마다 바쁜 걸음 어딜 가시나
추우면 추울수록
더욱 그리운
햇살 속에 새록새록 사무치는
전설 속
빙하의 나라.

속물근성 허깨비

꿈이었나?
길을 가는데 오만 원짜리 한 장이
떡하니 떨어져 있는 거야
누가 볼까 살짝 발로 가리고 슬며시
주위를 살피는데 아무도 없어
주저할 거 머 있나 후딱 집어 들었지
근데, 주운 자리에 지폐가 또 있어
이크, 퍼뜩 또 주웠지
근데 또 있는 거야, 또 주웠어
이거 뭔 귀신이 배꼽 잡고 웃을 일이야?
주우면 또 나오고 주우면 또 나와
순간, 아차 싶었어
허깨비다, 허깨비!
주운 돈 모조리 그 자리 던져두고
마구 달아났지
한참을 달아나다 뒤를 돌아보는데
이게 웬일?
오만 원권 지폐가 기다란 연 꼬리처럼
줄을 이어 따라오는 거야
거참, 나이 들면서 내려놓고 비우며
나름 잘 살고 있다 여겼더니

그놈의 속물근성 허깨비, 죽기 전엔
떼어내기 영 글렀나 봐.

갯바위

바닷물 드나드는
하구 한쪽 가생이에
까맣게 찌든 갯바위 하나,
온몸에 나닥나닥 달라붙어
쨍쨍거리는 따개비들
들물 차올라 잠잠해질 때까지 그저
따스한 미소로 보듬어 주고,
버릇없는 왜가리 머리 밟고 올라서서
강머리 어디쯤 하염없이 바라보며
망부석이 되려는지 떠날 기미 없어도
탓은커녕 걱정하며 기다려 주고,
강물이 잔물결 하나 없이 흐름을 멈추고
자빠져 있어도 나무라지 아니하고
이제껏 앞만 보고 달려왔으니
잠시 쉬었다 가라며 격려해주네.
바닷물에 찌들고 뙤약볕에 까맣게 타서
지지리도 못난 바위 하나 바라보다
얼굴이 후끈 달아오르네.

깜씨 할머니

팔도시장 뒤쪽 골목 어귀
남의 집 담장 아래 무단히 전 벌이고
수년 째 장사하는 깜씨 할머니,
가자미 동태 고등어 갈치 그런저런
물좋은 놈 그때그때 얼마씩 떼어다가
손질 보태 파는 게 고작이라
진종일 팔아야 짜다라 버는 것도 없지만
저만치 사람 그림자라도 비칠라치면
넉살 좋고 사람 좋은 걸걸한 목소리로
구워 먹어도 좋아 조려 먹어도 좋아
삼시 세끼 먹어도 질리지도 안 해
야지랑스레 너스레 떨어댄다
오늘도 지나는 손님 귀청 두들겨 세우고
나뭇등걸 도마 위에 꽁꽁 얼어붙은 동태
몇 마리 올려놓고 단칼에 동강내며
아따, 이놈들
살아서는 맨살 부대낀 적도 없는 것들이
죽어서 머가 좋다고 딱 붙어먹더니
이 알들 좀 보소
보는 사람들 눈 뜨겁게
익살을 떨어댄다.

겨울비 내리고 바람 부는 날

바람이 분다

어두컴컴한 하늘가
떨어져 부서지며 반짝이는 빗방울
흩날리는 거리,

상점마다 쇼윈도 조명 불빛 간판 불빛
찬비 젖은 길바닥에 번득번득
얼룩져 흔들리는데

문뜩 겨울비 젖는 추억 한 자락 떠올라
꿈결처럼 따라가다 발이 멈춘
그 자리 그 카페,

옛날 그 모습 그대로
한눈에 훅 들어와 짜릿하니
가슴이 아려온다

저기 저 창가에서 너와 나
가는 시간 아쉬워하며 몇 번이고
빈 찻잔 다시 채웠지

〉

오늘같이 겨울비 내리고
바람 부는 날이면 나처럼 그때 생각
한 번씩 하기는 하니?

이기대 가는 길

한파 몰아치다 주춤한 사이
햇볕 좋아 봄날처럼 기분 좋은 날,
오륙도 이기대 공원 가는 언덕길
줄 잇는 나들이 차량들
빨간불 신호등에 마음이 급한데
그 마음 알기라도 하는 듯이
횡단보도 신호등 깜빡깜빡 수를 세며
길 건너는 사람들 걸음을 재촉한다
부랴부랴 건너는 사람들 뒤쪽으로
할머니를 안다시피 부축한 웬 할아버지
더디게 한 걸음 한 걸음 뗄 때마다
브레이크 밟은 발에 자꾸만 힘이 가는데
어느새 신호 바뀌고 성질 급한 차량들
빵빵대지만 그러거나 말거나
온 신경이 할머니에게 가 있는 할아버지
급하거나 초조한 기색 전혀 없다
휴우, 짧은 시간 길게 노부부 다 건너자
늘어선 벚나무들 함박눈 같은 꽃비
흩뿌리는 듯 온 세상이 훤하다.

가랑잎

아파트 출입 유리문 안쪽
승강기 앞 대리석 바닥에 난데없이
날아든 흙빛 가랑잎 하나, 바싹 말라
오그라든 모습이 서글프다

어디로 가야 할지 승강기 앞에
쪼그리고 앉았다가 누가 오기라도 하면
무작정 따라가던 백심증 앓는 할머니처럼
설핏 지나는 잔바람에도 쓸려 다닌다

어쩌다
꼭 잡아주던 가지 그예 놓아버리고
어디를 얼마나 떠돌다가
예까지 왔을까

금방이라도 바사삭 부서져 내릴 것 같아
살포시 손바닥에 들어 올려
밤비 촉촉이 젖은 화단 낙엽 사이에
고이 모셔다 드리고 온다.

꽃철

산에 들에
꽃이 피어 흐드러지게 꽃이 피어
온 세상이 꽃천지

너도 나도
꽃 나들이 꽃이 되어 사람꽃
환히 피는 웃음꽃

개나리 진달래
산수유 벚꽃에다 사람꽃에 웃음꽃
저마다 뽐어내는 곱고 고운
빛깔 향기

향기가 많니 적니 예쁘니 덜 예쁘니
뉘 잘 났다 뽐낼 것 없이
마냥 좋아

너나없이 어우러져 흥에 겨워
어절씨구
꽃철이 분명하네.

꽃길

햇살 쪼가리
눈 아프게 찔러대는
벚꽃 길
하얀 꽃잎 무수히 떨어져 난무하는
꽃비 속을 지날 때
문득,
입속에 구르는 말
꽃 보라
꽃빛발
꽃 보라 꽃빛발 꽃 보라 꽃빛발
되뇌고 되뇌어도
두 눈 가득 비치는 현란한 풍광만큼
선뜻 마음에 닿지 않는데
휘청,
옆에 가던 아내가 내 팔에 매달리네
꽃 멀미 하네
멀미하는 아내가 유난히
고와 보여
꽃길.

할배 할매 팽나무

오백 년 묵은 세월
뼛속까지 눌어붙어 줄기마다 가지마다
울퉁불퉁 시커멓고 험상궂어도
가덕도 율리마을 오롯이 잘도 지켜왔는데
거가대교 개통에 개발 바람 불어 닥쳐
터전 잃고 죽을 날만 기다릴 제,
어르신들 한 오백 년은 더 사셔야지요
당산제 제주의 솔깃한 말에 막걸리 몇 사발
연거푸 마시다 대취해서 바지선 올라타고
백오십 리 멀고 먼 바닷길 건너
해운대 APEC 나루공원으로 옮겨 왔네
한동안 황홀한 밤거리 불빛에 빠져
세상 참 오래 살고 볼일이다 좋아했는데
밤낮없이 매연과 소음에 시달리다
향수병을 앓게 될 줄이야
한낮의 시원한 바닷바람 파도 소리
해 질 녘 저녁노을 붉게 타는 뱃고동 소리
한밤중 별빛들의 작은 속삭임까지
너무도 그리워 몸살 앓다가, 오늘도 온몸에
주삿바늘 꽂은 채 환청이라도 들을까
가만히 눈을 감고 귀 세우는데

어디서 나타난 강아지 한 마리 쫄랑쫄랑
발치 주위 돌아보다 반겨줄 짬도 없이
오줌만 지리고 가네.

* 할배 할매 팽나무는 수령 300~500년의 가덕도 율리마을 당산목으로 부산 신항만 배후도로 공사로 2010년 3월 나루공원으로 옮김.

잎사귀와 가지 사이

기-인
망설임 끝에
가지에서 똑 떨어져 나와
잠시 허공을 떠다니다 내려앉는
나뭇잎 하나

참 가벼워서 서럽습니다

비는 내리고 내려
잔뜩 치켜들어 버티던 잎사귀 등어리
마침내 맨땅으로 가라앉고
그저 지켜볼 수밖에 없는 나뭇가지
뻗은 손 거둘 줄을 모르는데

긴긴 세월
두 팔 벌려 기다리고 기다리시던
자식 바라기 우리 어머니
두 손등에 거뭇한 나뭇가지 불거지고
덕지덕지 달라붙은 검버섯 딱지

참 무거워서 서럽습니다.

달력

한 달에 한 번씩
얼굴을 바꾼다, 숫자 몇 개
더 하거나 빼면서.
일 년 삼백육십오 일 하루같이
아무런 희망도 기대도 없이, 그저
벽에 매달려 멀뚱거리다
때가 되어 얼굴을 바꾸는 순간
용도 폐기된 얼굴은 찢기어 버려진다.
그나마 위안이 되는 것은
사람들이 날 보며 지난날을 짚어보고
앞날을 헤아리며 계획성 있게
하루하루 살아간다는 거다.
하루도 날 보지 않고는 못 배기지만
지나간 날들보다 다가오는 새날에
기대와 관심이 더 큰 것 같다.
어차피 오고 가는 세월
급할 것도 새로울 것도 없건마는
해가 완전히 바뀌기도 전에 일찌감치
나는 용도 폐기되고, 나는 또
새로이 살아난다.

가을비 추적이는 저녁

잠 못 드는 열대야,
베갯머리 불 지피던 매미 소리,
어느덧 잦아들고

반쯤 열린 창가로
절절한 귀뚜라미 울음소리, 서글퍼
서늘한 저녁 공기

가로등 불빛 아래
어지러이 춤추던 수십 만 하루살이
추적이는 가을비에 스러지고

어쩌다 빗방울 뚜두둑 떨어지고
바람 한번 건듯 불어도 화들짝 놀라며
파르르 뜨는 나뭇잎들

운 나쁘게 떨어진 잎사귀 하나
불나방처럼 가로등 불빛 속을 유영하다
낮은 음표로 가라앉는데

세월의 등에 올라타고

무심한 듯 말간 미소 짓고 있는 가을이
그저 야속한 저녁이다.

겨울나무를 보며

마른 잎사귀 하나 없이
알몸으로 언덕에 올라서서
출렁대며 요란 떨던 일상 잠시 멈추고
곧게 뻗거나 적당히 굽은 빈 가지
달과 새들 걸터앉게 내어주며
드센 칼바람 온몸을 할퀴고 지나가도
침묵으로 일관하는 겨울나무
알몸을 드러냄은 아무런 가식 없이
우직하게 자신을 드러내는 방식,
바깥 모양새 다 걷어내면 나는
과연 어떤 모습일까
곧게는 아니고 적당히 굴곡지며 뻗었을까
옹이 지고 울퉁불퉁 민망한 모습일까
설혹 옹이 지고 굴곡져 보기 뭣하더라도
그것은 내 삶의 변곡점이요 내력,
부끄러워 감출 것이 아니라
겨울나무처럼 당당하게 드러낼 일이다
저기, 굽은 가지 끝에 쉬던 새벽달
희미하게 미소 지며 떠나가네.

목로木路

작은 통선에 몸을 싣고
강화도 서쪽 볼음도와 연평도 사이,
썰물 땐 북쪽 함박도와 갯벌로 이어지는
작은 섬 우도 찾아가는 길,
물 빠지며 끝 간 데 없이 펼쳐지는 개펄,
적막에 둘러싸인 잿빛 세상
수천수만 년 바닷물 드나들며 생겨난
갯고랑이 물길이요 뱃길이라는데
이리저리 갈래지고 만나며 또 갈래지는
갯고랑 모두가 뱃길은 아니란다
자칫 물길 잘못 들어 펄밭에 얹히면
물 들 때까지 꼼짝도 못한다는데
길 잃지 않게 갯고랑 한쪽 가생이로
나뭇가지 쭈욱 꽂아 뱃길 일러주는 목로,
누가 이 물길 찾아 표시해두었을까
저 하찮은 나뭇가지 하찮은 게 아니다
죽어서도 죽은 나뭇가지가 아니다
개흙에 발을 묻고 죽은 듯 산 듯
오늘도 오롯이 물길 지켜 서서
오가는 배들 길 일러주는
거룩한 나뭇가지다.

구축함 윌리엄 R. 러쉬

제2차 세계대전 종전을
10여 개월 앞두고 태어나 곧바로
전쟁터를 누빈 그녀,
전사로서 전성기를 한참 지난 중년에
우리 해군에서 20년이나 넘게 해양주권
수호의 중차대한 임무를 수행했다
그녀를 처음 만나던 날 저 동해항에는
거센 눈보라 쉴 새 없이 몰아치고
집채만 한 파도 방파제 위로 솟구쳤다
부서지며 흩날리고 있었다
그 와중에도 만국기 휘날리며 반겨주던
그녀, 나는 그녀의 18번째 남자가 되었다
철의 심장을 지닌 그녀였지만 수시로
곳곳을 손봐야 했고, 선저 파공으로
두 번이나 긴급 상가수리를 해야 했다
격랑과 싸우며 경비하기에 힘이 부쳐
잔잔한 날이면 선체 보수하기에 바빴다
극심하게 노화가 진행되고 있는 그녀의
마지막 남자이기를 간절히 바랐지만
끝까지 그녀 곁을 지켜줄 수가 없었다
만난 지 꼭 일 년 만에 헤어지던 날,

겨울 날씨답지 않게 잔잔한 바다처럼
아무렇지도 않은 듯이 새 남자와
바다로 달려가던 그녀, 천생
그녀는 전사였다.

※ 미 해군의 윌리엄 R. 러쉬(William R. Rush) 구축함은 1944년 10월 건조되어 제2차 세계대전과 한국전쟁에 참전했다. 1978년 7월 한국해군이 인수하여 강원함으로 명명하고 22년 4개월 동안 운용하다가 2000년 12월 퇴역했다. 함정(배)은 여성이다.

칼날엔 눈이 없다

김한주 시집

제3부

명품

산자락 푸른 빛
어리비치는
하늘가
고사한 지 오랜 소나무 한 그루
우뚝
잔가지 하나 없어
딴딴하던 껍질도 다 벗겨져
벌건 알몸
볼품이야 좀 얄궂어도
늠름하고 꿋꿋한 그 기개
죽어서도 소나무
네댓 발짝 건너 싱싱한 소나무
무성한 솔잎가지 길게 뻗어 은근슬쩍
벌건 알몸 허리께 가려주는데
널따랗게 펼쳐진 솔잎가지 꿰뚫고
치솟는 알몸 기상
더없이 도드라져 그야말로
걸작이네
명품이 따로 없네.

대연각 포장마차

가벼운 주머니 헤아리며
국수 우동 떡볶이로 허기 때우고
닭발 꼼장어 어묵탕 안주 시켜
짜잔하게 혼자 술잔 따라 마시며
허방 같은 하루 털어내는 그런 데가 아니다
어쩌다 쥔아줌마랑
삶의 애환 사람 냄새 물씬물씬 풍기는
탁배기 쭈그렁 잔 주거니 받거니
찌그러진 양은냄비 국물 끓듯
마른 가슴 볶으며 젓가락 장단에
육자배기 뽑아대는 그런 데가 아니다
길가도 아니고 지하에다 누각 세우고
춘자네 순이네 이모네 허접한 이름 대신
번호로 불리는 코너 마다
여우같은 주모들 세월 홀리는 곳,
비싼 술 비싼 안주 마구마구 시켜대다
나중에 후회하는 그런 곳이다
어디에고 어울리기 어정쩡한 노신사들
세월의 뒤꼍으로 밀려나지 않으려고
조금 흐트러져 한 곡조 뽑고 싶을 때
마음 맞춘 친구랑 찾아가는, 그런
포장마차 아닌 주점이다.

칼날엔 눈이 없다

밤 치느라 온종일 씨름이다
허리 어깨 쑤시고 손가락에 쥐가 난다
밥에도 넣어 먹고 구워도 먹으라며
굳이 한 자루나 들려주던 친구가
슬며시 원망 되는 참인데,
군밤이나 사다 먹지 뭔 고생이냐
그냥 삶아 먹지 제사 지낼 것도 아니면서
무슨 밤을 친다고 야단이냐
오며 가며 쏴대는 아내의 핀잔 거세어도
어쩌랴, 눈 없는 칼날 자칫하면
두껍게 파고들어 아까운 살점 날아가고
서두르면 쪼개지고 부서지는 밤톨
그저 묵묵히 마음 모아 칼끝을 구슬리며
껍질 까서 물에 불린 밤을 치는데
섣달 그믐밤이면 호롱불 심지 돋우고
밤을 치시다 오늘밤 잠자면 눈썹 센다며
놀리시던 아버지 생각 문뜩 떠올라
잠시 잠깐 눈앞이 뿌예지는가 싶더니
아차, 그예 검지 끝을 살짝 파고드는 칼날,
과연 칼날엔 눈이 없구나.

회전초

살아 있기에
살기 위해 살아남기 위해
떠나야 한다
키워준 뿌리까지 끊어내고
죽을 만큼
온몸 바싹 말리고 말려도
결코 날아갈 수 없는 덤불 같은 몸집
그저, 바람 부는 대로
바람 따라 이리저리 데굴데굴
모래언덕 굴러다니는
잡초일 뿐,
약속의 땅 그 어디인가
꿀이 흐르는 땅 있기는 하던가
날 선 도끼 같은 독기 가슴에 품고
사막 같은 세상 굴러다녀도
꿀은커녕 물 한 방울 아쉬운
목숨살이 뭣이더냐
어찌어찌 이슬비 만나면 요행이요
가랑비라도 만나면 그야말로
대박이라 할 것인가.

마지막 여정

노을빛 물드는 그리움같이
애잔하게 고요가 내려앉는 하구에서
강물이 슬그머니 뒷걸음친다
부서지고 갈라지며 죽기 살기로 달려와
그토록 그리던 바다를 눈앞에 두고
물길 거슬러 거꾸로 흐른다
이제 곧 바다에 들면 기나긴 여정도
끝이 나고 존재마저 사라질 텐데
헛되고 부질없어라
반나절도 못가서 되돌리고 말
허깨비 장난 같은 뒷걸음질,
저만치 돌머리 올라서서 이제나저제나
안타까이 지켜보던 왜가리 한 마리
고요를 허물며 푸드덕 날아오르자
그제서야, 타는 놀빛 온몸에 두르고
천근의 무게로 서서히 움직이는 강물,
마침내 바다를 향한 마지막 여정을 간다
어차피 가야만 하는 길,
주저 없이 담대하게 가자 마음 다잡고
다시는 돌아오지 못할 그 길을
느긋이 다시 간다.

형체 없는 감옥

남달리 총명하고
영특하던 아이, 방문 닫아걸고
작은 창마저 커튼으로 가린 채
형체 없는 생각의 감옥에 자신을 가두고
세상과 등진 지 십여 년,
미지의 존재가 자신의 몸 어딘가에
이상한 칩을 몰래 심어놓고
자신을 감시하고 생각까지 조종하려 한다며
병원 가서 엑스레이 촬영도 해보고
자신에게 보내온 무슨 비밀 신호를
찾아야 한다며 컴퓨터 글쇠판만 두드리며
밤을 꼬박 새우기도 하고
어쩌다 밖에라도 나갔다 오는 날이면
지나가는 사람마다 이상하게 쳐다본다며
멀쩡한 얼굴에 망치질을 해대기도 하다가
결국, 나이 서른이 넘도록 반복되는
입원과 퇴원 그리고 통원치료,
이때껏 부모 속 다 타는 줄도 모르고
저 모양 저 지경인데
아무도 들여다볼 수 없는 그만의 세계,
굳게 닫힌 아이의 문 앞에서

오늘도 두 손 모아 기도하는 가슴
뇌우가 친다.

겨울 아침 골목 풍경

찬바람 몰려다니는 골목길
양지 바른 전봇대 아래
찬밥 한 덩이에 생선 머리 몇 점까지
잘 차린 스티로폼 뚜껑 밥상,
누가 봐도 길냥이 밥상이 분명하거늘
비둘기 대여섯 마리 달려들어
웬 횡재냐며 정신없이 쪼아대고 있다
때마침 어슬렁어슬렁 나타난
고양이 한 마리,
저만치 담벼락 아래 걸음 멈추고
가만히 지켜보고 섰는데
달아날 생각도 않는 비둘기들
고양이 기가 막혀, 번개같이 몸을 날려
어디 감히 남의 밥그릇에 손대냐며
단번에 비둘기들 싹 쫓아버리고
허연 입김 내뿜으며 기다란 혀 쑥 뽑아
입 언저리 한번 쓰윽 핥은 후
그야말로 주인같이 느긋하게 식사한다
속이 허한 비둘기들 겁도 없이 다가와
주위를 알짱거리다
고양이 식사하다 고개 들 때마다
슬금슬금 뒷걸음친다.

희망 아파트

병풍처럼 둘러싸인
산자락 아래
오래전 세워져 이름도 오랜 듯이
희망 아파트,
덩굴장미 춤추는 철망울타리
붉은 환호성 눈부시게 출렁거리고
시소며 미끄럼 타며 까르륵대는
아이들의 해말간 웃음소리
짙어가는 신록보다 싱그럽게 넘쳐난다
실바람 타고 날아드는
산기슭의 아카시아 꽃향기
코끝을 간질이다
푸른 하늘 저 멀리 번져나가고
꽃향기 배어나는 나무 그늘 벤치에
아이들 지켜보는 할머니들
일 나간 엄마 아빠 까맣게 잊고 노는
아이들같이 세상 시름 다 잊고
주름 깊게 피어나는 환한 웃음꽃이
더없이 편안해서 희망이다.

어르신 깜냥

할아버지 안녕하세요?
승강기에서 인형같이 깜찍한 여자아이
예쁜 인사말, 어째 기분 좋다 말고

어르신 먼저!
고속도로 휴게소 화장실에서 웬 젊은이
양보하는 말, 어쩐지 기분 괜찮아

옛날 같으면 어르신 소리 들을 만큼
나잇살 꽤나 먹은 지 오래인데
할아버지라는 말은 듣기 거북하고
어르신이란 말은 듣기 좋은가

나이 들고 늙으면 누구나 다
똑 같은 노인이든가
점잖고 격이 있어야 어르신 대접받고
어르신 깜냥 안 되면 사람대접 못 받지

말은 적게 하고 칭찬은 많이 하고
지갑은 활짝 열고 술값 밥값 먼저 내고
분위기는 언제나 유쾌하게 활기차게
요 정도 깜냥 갖춰야 어르신 대우받지.

지금 당장

변해야 한다,
시작해야 한다, 하면서도
용기 없어 자신 없어 속으로만
읊조리고 외치다 저만치
지나가버린 시간들,
삼 년 전, 아니 일 년 전에라도
생각하고 마음먹은 일 시작했더라면
지금은 많이 달라져 있을 텐데,
수백 번 후회하면 뭣하나
이제라도 뭔가 시작하지 않는다면
오 년, 십 년 후라고 무엇이 달라질까
나이도 그 무엇도 탓하지 마라
세월 흘러가는 대로 마냥 따라가다간
남은 젊음마저 어느새 다 가버리고
주름살 겹겹이 후회만 쌓일 게다
아쉬움만 크게 남을 게다
달라지고 싶은 만큼 노력해야지
지금 당장 무언가 시작해야지
두 주먹 불끈, 두려움 저리 쫓아내고
용기백배 시작해 보는 거야.

바닷가에서 나는

아무도 찾지 않는
텅 빈 바닷가 소나무 숲
언저리 모래밭,
대낮부터 술에 취해 환희로 너울대는
몽유 속 시간의 끝자락 붙들고
가물대는 너의 환상 좇아 헤매는데
싸아아 멀리 수평선 너머에서부터
쉼 없이 밀려오는 파도 소리,
쏴아아 솔숲 머리 높이
서늘하게 불어오는 바람 소리,
휘유우 모래밭에 세워놓은
빈 소주병 불어대는 휘파람 소리,
깜깜 밤하늘 머언 별빛 죽었다 살았다
깜빡대며 끊어졌다 이어졌다
당최 마무리가 안 되는 몽유 속
너와 나의 기억들
어쩌다 바닷가에서 빈 술병 같은 공허
이제도, 가슴 멍하게 쓸어안고
비몽사몽 저 바닷물처럼 너울대는가.

인생

울창하던
숲

아름드리나무 맥없이
쓰러진다

한 생을 지탱하던
버팀목

한순간 자빠져 누울 때
뉘 있어 애 끓이랴

산다는 건
그저

홀로 견디다 조용히
혼자 가는 것.

시詩, 오늘 죽었다

죽음 같은
깜깜한 잠에서 얼핏 깨어
뜨이지 않는 눈 저만치 아슴푸레
읽혀지는 의식意識,

관棺 같은
작은 공간에 반듯하게 누인 몸
옴짝달싹 할 수도 없고
열리지 않는 입,

귀마저 닫혔는지
아무런 소리도 들리지 않고 오직
퀴퀴한 냄새만 무제한적으로
빨아들이는 코,

입도
귀도
그 무엇도 필요 없는 시詩, 너는
오늘 죽었다.

해맞이

산으로 바다로
새해 새아침 해돋이 봐야 한다고
소원성취 빌어야 한다고
멋진 인증사진 남겨야 한다고
너도나도 셀카 봉 들고 별난 해맞이,
새해 새아침 어디서 본들
새 해가 아니랴
조금 먼저 보고 늦게 보는 차이 말고
다를 게 뭐가 있냐고
소원성취 비는 데 무슨 차이 있겠냐고
이날 입때껏 살면서
산으로 바닷가로 한바다 선상으로
수 없이 해맞이 다녀봤지만
추위 속에 기다리는 정성이 좀 다를까
떠오르는 태양에 소망을 걸고
의지를 다지는 의미야 어딘들 다 같더라
새해 새아침 해맞이가 아니라도
매일 아침 새 마음으로 해맞이하자
날마다 소망 걸고 의지를 다지며
기적 같은 새날을 꿈꾸면서.

우스운 노릇

무슨 말이든
잡스러운 것 걸러내고 받아들인다는
이순耳順을 어제인 듯 지나와

하고 싶은 대로 행동해도
결코 도리에 어긋남이 없었다는 공자의
종심從心 고갯길이 코앞인데

입때껏
벚꽃 흐드러진 언덕길에서 출렁이고
진달래 붉은 산빛에 흥이 솟아

술 찾아 친구 찾아
여기저기
호들갑 많이도 떨어댔는데

문득 떠오르는, 나잇값도 못한다는 말에
돌아앉아 혼자 적시는 술 한 잔이
참말로 우스운 노릇이네.

귀로 우는 소리

어둑새벽
흐릿한 의식 속에 아주 먼 데서
어렴풋이 들려오는 소리,
우-우우웅 쏴-아아아
바람 소리 같고 파도 소리 같은
서늘한 기운이 전신을 엄습하는데
얼어붙는 가슴 손가락 하나 옴짝 못하고
곤두서는 신경만 귀로 달린다
유년 시절,
날 저무는 줄 모르고 고향 뒷산 솔숲에서
망태기 가득 솔가리 긁어 모우다
어둠이 내려앉는 산길 부리나케 내려올 때
으스스 뒤에서 불어오던 솔바람 소리인가
함정근무 시절,
칼바람 드센 겨울밤 접적해역 경비하다
새벽 늦게 새우잠이라도 청할라치면
침실 싸늘한 철판 벽 저 너머로 달려들던
아귀 같은 그 파도 소리인가
잠결에 귀로 우는 먼 옛날의
간담이 서늘하던 그 바람 소리 파도 소리,
오늘은 차라리 그리운 소리,
소리이어라.

여로旅路

시간의 굴레 속
천 갈래 만 갈래 뻗어가는 길
길은 많아도 오직 한 길,
나만의 길을 간다
어쩌다 택한 나만의 길
날마다 낯익은 듯 새로운 길,
두려움과 설렘이 너울지는 걸음걸음
힘겹고 서러울 때 적지 않아도
굴절 없이 한 길을 간다
시간의 궤도 위에
얼룩지는 내 삶의 발자취
망각의 그늘 속에 밀어 넣은 채
홀린 듯이 내 길을 간다
언제 어디쯤서 끝이 날까
충동과 욕망의 젊은 날은 가고
더 이상 무슨 열정 남았을까 싶다가도
팔짱 아래 심장의 고동 느끼는 순간
다시금 온몸에 전율이 인다
끝나기 전에는 끝난 게 아니다
무한한 시간의 굴레 속에 길은 이어지고
나는 또 서슴없이 달려가리라.

얼레지 사설辭說

바람난 여인이라니
날 두고 그런 말 하지 마세요
한 송이 꽃으로 당신을 만나기 위해
긴 세월 개미굴에 들어앉아
외로움을 견디는 기다림의 여인이어요
떡잎 하나 내밀고 수년이 지나서야
널따라니 펼친 두 개 잎 사이로
꽃대 하나 세워 꽃을 피워요
꽃바람 불어오면 날 보러 와요
복수초 바람꽃 숨가쁘게 피어날 때
해종일 햇살 따사로운 골짜기로
그리운 듯 날 보러 와요
고요를 수놓는 감미로운 물소리 바람소리
지천으로 깔아놓고 당신을 맞이할 게요
아침이면 열여섯 소녀로 당신을 맞이하고
낮이면 치맛자락 활짝 쳐들고
열정의 여인으로 당신을 맞이할 게요
하지만 해질녘엔 찾아오지 마세요
기다림이 긴 만큼 가슴 더욱 설레겠지만
바람난 여인이란 말은 듣기 싫어요.

칼날엔 눈이 없다

김한주 시집

제4부

술병 속에 담긴 한가위

한가위, 혼자서도 취하기
딱 좋은 밤

광안리 바닷가 출렁대는 물결 위로
속절없이 흔들리며 떠다니는
빈 술병 하나
애당초 한 방울도 남김없이
탈탈 털어 비워낸 게 탈이었다
그리움인지 서러움인지
텅 빈 가슴 가득 서린 달빛
좁은 주둥이로 새는 휘파람 소리 되어
희뿌옇게 물이랑 타고 넘실대는데
빈 술병 등짝에 푸른 빛줄기
힘센 지느러미로 돋아나는 날, 어머니
저 바다 끝까지 헤엄쳐 달려가
만나 뵐 수 있겠지요
철 들어 한 번도 제대로 불러보지 못한
그 이름 어머니,
언젠가는
어릴 때처럼 불러볼 날 오겠지요.

찔레꽃

적막하다 고향산천,
소 모는 이랴 소리 아롱지는 들녘
저녁연기 피어나던 잿빛 초가지붕
다 어디로 갔는지.
마을 앞 개울 길 따라
선산 다 가도록 오가는 사람 하나 없고
강아지 한 마리 살살 꼬리치며
몇 발짝 따라오다 그만 둔다.
그 옛날 송사리 가재 잡고 놀던 개울물
참 딱도 하다는 듯 혀 끌끌 차대며
쏟아지는 햇살 올올이 튕겨내어
애꿎은 눈 찔러댄다.
하기야 어디 간들 예보다 못할까, 괭이 지게
다 집어던지고 젊어 떠나
죽어서야 돌아와 고향땅이라 안기고 있으니
개울인들 반겨줄까.
괜시리 돌멩이 하나 걷어차다
애먼 돌부리 걷어차곤 절절매는데,
어디선가 얼핏 설핏 스미는 익숙한 꽃내음
저기, 둑 아래 무더기로 찔레꽃 피어 있네.
아, 생전 한결같이 흰 저고리 어머니,

들일 하시다가도 멀찌감치 내가 보이면
머릿수건 흔들며 환하게 반겨주시듯
찾아온 꿀벌마다 노란 꽃가루 묻혀주며
살갑게 반기네, 다정도 하네.

가슴에 젓갈 한 통

당신의 사소한 말 한마디에
서운하고 화가 날 때면
콩 볶듯이 튀는 머릿속 고얀 언사들
한때는 대놓고 쏘아댔지요
티격태격 토닥토닥 이랑 되다 고랑 되고
엎치락뒤치락 울퉁불퉁 오랜 세월
부대끼며 살아오다, 언젠가부터
가만가만 속으로 삭였겠지요
그러다 그러다가
날이 가고 달이 가고 해가 바뀌고
가슴에 곰삭은 젓갈 한 통 생겨났어요
하루에도 수 없이
기쁘다가 화가 나고 즐겁다가 슬퍼지고
오르락내리락 널뛰던 감정,
가슴속 젓갈은 도대체 무슨 맛이 날까요?
기쁨과 즐거움이 삭아서 단맛이 날까요?
슬픔과 화가 삭아 쓴맛이 날까요?
당신에게도 족히 한 통은 더 있을
가슴속 젓갈, 이제부터 우리 함께
감칠맛 나게 만들어 볼까요?

팔자소관

아파트 산책로 양쪽으로
쭉 늘어선 벚나무들,
봄이면 벚꽃터널 여름이면 그늘 터널
가을이면 단풍터널
사람과 강아지 온갖 텃새 매미까지
때로는 쉼터 때로는 놀이터 되어주며
사랑의 온정 아낌없이 나눠주고
겨울이면 잎사귀 하나 없이
말간 알몸으로 한겨울 나는 것이
저들의 기구한 사는 방식,
무슨 놈의 팔자이고 숙명일까
겨울 가고 봄 다시 돌아와
가지마다 요란스레 꽃망울 터뜨리는데
여태 마른 잎사귀 서넛 달고
청승맞게 늘어져 있는 가지 하나
저 가지더러 미련하다 욕해야 하나
눈치 없는 잎사귀 탓해야 하나
문득, 마흔 살 다 되도록 아비에게
들러붙어 등골 빨아대는 아들놈 생각에
저나 나나 하나같이 사는 것이 다
팔자소관인가 싶기도 한데.

아내에게 부츠를 신기자

마른 잎사귀 하나 없는
등나무 정자 마루 아래 납작 엎드려
햇볕 쪼이는 검은 고양이,
한쪽 눈 주위 코언저리 덮은 하얀 털이
꽤나 멋져 가다 말고 멈춰 서서
가만히 훔쳐보다 눈이 딱 마주쳤다
머리 바짝 쳐든 채 꼼짝도 않고
한참을 날 쳐다보던 녀석, 일 없다는 듯
입 쩌억 벌려 하품 한번 토해내고
긴 혀로 입언저리 휘리릭 한 번 핥고 나서
슬그머니 일어나 천천히 걸어간다
호오, 윤기 나는 검은 털옷 멋쟁이 신사
무릎까지 오는 하얀 부츠 신었다
눈이 번쩍 뜨이고 정신이 번쩍 든다
얼른 가서 아내에게 부츠를 신기자
신발장 이쪽저쪽 헌 신문지 꾹꾹 채워
할 일 없이 놀리는 롱부츠들,
이참에 반짝반짝 손질하여 아내에게
딱 붙는 쫄바지에 부츠를 신기자
까짓거, 맵시야 예전보다 덜하면 어때
하루라도 더 젊었을 때

더 이상 신을 일 없다고 버리기 전에
부츠를 신기자, 아내에게.

맛조개는 구이가 맛있다

산딸기 따먹고
피라미 가재 잡고 놀던 어린 시절
한 번씩 생각나고 그리울 때면,
이태가 멀다하고 전출 다니는
아비 따라 다니느라 친구도 추억도
제대로 없는 아이들이 안쓰러워
이따금 가던 가족캠핑
산보다 바다를 더 좋아하던 아이들,
언젠가 태안 바닷가 갯벌에서
삽 한 자루 소금 한 봉지 달랑 들고
맛조개 잡던 때가 생생하다
내가 모래 한 삽 크게 쓰윽 떠내면
아이들은 송송 나타나는 작은 구멍에다
소금 한 줌 얼른 뿌리고 기다리다
기다란 대맛조개 쏘옥 올라오면
잽싸게 잡아 올렸다
괴성 같은 환호성 많이도 질러댔다
잡는 재미 못지않게 맛도 좋아 맛살,
맛조개는 삶는 것보다 구이가 맛있다던
사진 속의 해맑은 개구쟁이들,
성년이 된 지금도 그때가 그리운 지

때로 느닷없이 찾아와서는
조개구이 먹으러 가자고 한다.

잠과 죽음 사이

어느 날 할아버지, 여느 때 없이
저녁답에 목욕재계 하시고
흰 두루마기에 갓까지 챙겨 단장하신 후
마을 한 바퀴 돌고 오셔서
자손들 다 불러 일일이 말씀 내리시고
주무시듯 조용히 가셨다
다들 가실 때를 아신 것 같다고 했다
아무리 떠날 때를 아셨다고 해도
기다렸다는 듯이 가실 수가 있을까
하루를 살고 나면 하루가 줄어들고
한 달을 살고 나면 한 달이 줄어드는데
다가오는 시간 담담하게 지켜볼 수 있을까
잠은 깨어나게 되는 죽음이고 죽음은
깨어나지 못하는 깊은 잠이라 하였던가
그 말, 자기 세뇌하며 열심히 믿고 살면
이 세상 하직할 마지막 날에 다다라
석양빛에 물드는 하늘과 구름 바라보며
흔들의자에 누워 잠을 청하듯 잠잠히
다가오는 죽음의 순간 기다릴 수 있을까
그 황홀하고 아름다운 노을빛 스러지고
까만 밤하늘에 하나 둘 떠오르는

별들 사이로 한순간에 떠올라 아무런
고통도 두려움도 없이 영영 깨어나지 않는
깊은 잠 속으로 빠져들 수 있을까.

어머니의 떡국

새해 아침이면
한 살 더 먹는다고 좋아하던 시절
떡국 한 그릇 다 먹어야
한 살 더 먹는다는 어머니 말씀
굳게 믿은 동생들
두 그릇 먹고 두 살 더 먹겠다고
난리법석 떨어댔지만
나이는 먹고 싶고 떡국은 먹기 싫은 내게
어머니 어떻게든 한 그릇 먹이시려고
곱게 쓴 황백 달걀지단 고명 올려
갓 구운 김 부수어 듬뿍 뿌려
고소한 참기름까지 솔솔 뿌리시고는
한 숟갈 후후 불어 어서 먹어보라며
입에다 넣어주곤 하셨더랬지
세월 흘러 나이 먹는 게 두려울 지경인데
여전히 새해 첫날 떡국 챙겨 먹는다
구운 김 부스러뜨린 것 대신 맛김가루
달걀지단 고명 대신 생달걀 훌훌 풀어줘도
군말 없이 맛있게 먹는다
나이 먹긴 싫어도 가신 어머니 생각하며
새해 첫날 아침이면 떡국 먹는다.

어머니의 빈말

세월이 언제
사정 봐주며 기다려준 적 있던가?
어머니, 당신에 관한 한
먹는 것부터 입는 것까지 그 무엇이든
언제나 뒤로 미루어 넘기시던
나중에 라는 말,
나중에 라는 말만큼이나 많이 쓰시던
다음에 라는 다른 듯 같은 말,
왜 그땐 몰랐을까?
시간이 나도 형편이 나아져도 애당초
하실 의향도 없으시면서
그냥 하시던 빈말이라는 것을,
자식새끼들 챙기시느라
당신 차례는 남아있지도 않으면서
있는 듯이 그냥 하시던 빈말이라는 것을,
어머니 가신지 아득하기만 한데
이제도 문득문득 떠올라 회오리쳐
가슴 치받는 그 빈말들.

어머니 기일에

생전 몸져누운 적 없었던
어머니, 막내 장가보낸 다음날 홀연히
아버지 곁으로 떠나가셨다
오남매 중 둘째인 내가 결혼한 달에
아버지 돌아가시고 근 이십 년,
홀로 자식들 근사하랴 먹고 살기 팍팍하여
아플 겨를조차 없었을 것이다
세상천지 어디 한 곳 기댈 데 없어서도
아플 수가 없었을 것이다
어지간히 아파서는 그저 그냥
사치쯤으로 여겼을 것이다
그러다 막내가 결혼하자 밤늦도록
동네 사람 불러 잔치를 벌이고, 다음날
성당에 감사미사까지 드리고 와서
거짓말처럼 평생에 딱 한번, 오래도 아니고
잠깐 몸져누웠다 변변찮은 자식들에게
짐 되기 싫어 훌쩍 떠났을 것이다
어머니보다 몇 년이나 더 살고 있는 나, 겨우
아들 하나 장가보내고 아직 하나 남았는데
몸 곳곳이 언제 터질지 모를 지뢰밭이다
그래서인가 아파도 아플 수가 없었던

어머니, 더없이 그리워지는
저녁이다.

가뭇없는 아버지의 길

눈 내리는 어둑새벽
백운산 산사 찾아 간다
거친 숨소리 눈 밟는 소리 귀에 달고
적막한 산길 나 홀로 간다
그 옛날 아버지, 징용 피해 오밤중에
할아버지 일러주신 산사의 주지 스님 찾아
달랑 보리쌀 몇 되 괴나리봇짐 둘러메고
눈 속에 홀로 오르셨다는 그 산길,
어둠과 추위 산짐승 따윈 무섭지 않았어도
사람 눈에 띌까 그게 두려워 길도 아닌
산비탈 네발로 오르셨다는 그 길,
그 얼마나 출렁거렸을
가뭇없는 아버지의 길, 내가 간다
그리움과 서러움 꾹꾹 눌러 한발 한발
눈발자국 찍어내며 오르고 올라
머잖아 곧 산문을 들어서면,
청아한 독경소리 목탁소리 들려오고
한숨 돌릴 수 있겠지요,
아버지.

두레 밥상 둘러앉아

책상 앞에 턱 괴고 멍-때리다
무심코 올려다본 2월 달력 풍경 사진,
서산 너머로 해 떨어지네
둥실둥실 꽃구름 불콰해진 서녘 하늘,
먹장 갈아 부은 듯 새까매진 산등성이,
갈 길 멀어 기러기 늘어진 귀향 행렬,
야금야금 살라먹고 어둠이 밀려오네
부랴부랴 집집마다 불이 켜지고
두레 밥상 둘러앉아 째그락째그락 아이들
생선구이 한 토막에 젓가락 부딪치다
서로 얼굴 쳐다보며 함박웃음 터뜨리네
창밖에서 그믐달 허리 젖혀 웃다가
휘어진 허리 한 번 펴보지를 못하네
웃음꽃 피어나는 오붓하니 저녁 한 때
어느 가장인들 꿈꾸지 않았으랴
허덕허덕 살아오다 놓쳐버린 시간 속에
어느덧 아이들 결혼해서 다 떠나고
저 달력 한 장 넘기면 천둥 번개 소나기
다 지나고 3막 인생 시작인데
이제라도 언제 한 번 두레 밥상 둘러앉아
함박 같은 웃음꽃 피워볼 수 있을까.

얼굴 너머 보이는 얼굴

아버지 떠나신 지 어언 사십 년,
생전에 투병생활 약하고 흐트러진 모습
행여 보일까 현몽 한번 않으시더니

내 나이 예순 넘어서부터
나보다 다섯 살 더 먹은 형님 얼굴에서
아버지 모습이 설핏설핏 비쳤다

날이 가고 해가 갈수록 더 도렷해지는 것이
그저 남자는 늙으면서 자연스레
아버지를 닮아 가나보다 여겼더니

산 자의 얼굴에서 망자 모습이 읽히는 게
죽을 때가 되었다는 징조였을까,
부쩍 아버지 닮아가던 형님마저 떠나셨다

형님 가시고 이태 조금 더 지난 요즈음
거울 속 내 얼굴 위로 언뜻언뜻
가신 형님 모습이 아련하게 비치는데

설령 그것이 죽음이 다가오는 신호라 해도

사진 한 장 없어 더 간절한 아버지 얼굴,
형님 너머 뵐 수 있어 좋기만 한데.

청원請願합니다

– 결혼 35주년에 즈음하여

당신의 웃음으로
동굴 같던 집안이 환해집니다
당신의 웃는 얼굴 바라만 보아도
가눌 데 없어 널뛰던 마음이
편안해집니다
당신의 따스한 말 한마디로
힘겨운 세상살이 짓눌린 두 어깨가
새털처럼 가벼워집니다
당신은 내 삶의 근원입니다
내가 살아가는 힘의 원천입니다
당신이 보내주는 애정 어린 눈빛은
내 앞길 밝혀주는 등불입니다
당신과 함께 하는 하루하루가 마냥
꿈꾸는 행복입니다
그런 당신, 참 좋은 사람
내 곁에 없어서는 안 될 사람
서로 오래도록 사랑하며 함께 하기를
당신께 간곡히 청원합니다.

제5부

그러니까 니 말인즉슨

머 해?
니 내 안 보고 싶더나?
한동안 뜨음하다 했더니 점심 때 쯤
문자 메시지를 보내온 친구,
싱겁기는 뭔 장난인가 하다가
혹시나 싶어 전활 걸어
와? 먼 일 있나? 하고 묻는데, 대뜸
야, 우리 몇 살 먹었는지 아나?
밑도 끝도 없이 되묻는다
글쎄? 잠시 내가 머뭇거리는 사이
글쎄는 무신?
글마 죽었다고 연락 안 왔더나?
먼 일이고? 글마가 와 죽노?
마, 우리 나이 먹을 만큼 먹었다 아이가?
이제 우리 그 누구도 장담 못한다
이제라도 그동안 못한 거 다해봐야 한데이
맛있는 거도 먹고 구경도 댕기고
있다가 있다가 하다가는 그냥 가는 기라
내일은 이미 늦은 기다 이 말이야!
그러니까 니 말인즉슨
저녁에 한잔하자, 이 말이제?

스마트한 세상

사람의 죽음을 알리는 부고訃告,
예나 지금이나 죽음은 가장 불길하고
혹독한 생의 마지막 재앙인가
옛사람들은 부고를 대문 밖에서 펴보고
절대로 집안에 들이지 않았다
상가에 문상하고 집에 올 때도 대문 밖에서
모닥불을 피우고 그 위를 넘어 들어왔다
어찌어찌 살아서 스마트한 요즘 세상,
시도 때도 없이 스마트폰으로 스마트하게
날아드는 부고에 문상도 결혼식장 가듯
스마트하게 장례식장으로 간다
생전에 교회 문턱 한 번 넘은 적 없고
지독한 골초에다 술꾼이던 친구,
그 무슨 동아줄인지 지푸라긴지 잡겠다고
개종한 지 석 달도 채 안 돼 죽어서는
붉은 십자가 국화 장식 영현실에 드러누워
담배 한 대 술 한 잔 받아보지 못하고
그저 국화 한 송이씩 받아 챙기며
스마트하게 웃고 계시나.

왔다간 흔적도 없이

장례식 때
관 밖으로 두 손을 내게 해서
죽을 땐 빈손으로 간다는 걸 보여줬다는
알렉산더 대왕,

부와 권력 명예 원 없이 움켜쥐고
천하를 호령하던 자가
죽음을 앞에 두고 유언이라고 한 것이
공수래공수거空手來空手去라

누구나 다 아는 만고불변의 진리
지금 이 순간에도 까맣게 잊고
사소한 욕심 앞에 염치없이 굴종하는
불쌍하고 어리석은 노릇이여

살아 더 많이 가지려 욕보지 말고
죽어 무언가 남기려 애쓰지도 말 일,
순간순간의 삶 마음껏 느끼고 즐기다가
왔다간 흔적도 없이 떠나가면 그뿐.

그냥 나가 밖으로

딱히 무슨 할 일도 없지
어디 갈 곳도 없지
누구 만날 사람도 없지

그래서 쓸쓸해?
따분해?
막 짜증도 나고 서러워?

그럼, 그냥 나가
밖으로

전동 킥보드나 자전거 타도 좋고
낯선 버스 타고 무작정 가보는 것도 좋고
그냥 걸어도 좋아

말간 햇살 새 소리로 마음을 씻어내고
작은 풀꽃 하나하나 눈 맞추며 인사 나누고
오가는 사람 차림새 얼굴 표정도 살펴보고
지나는 간판 빼놓지 않고 읽어도 보고

이런 것도 일이라면 일이야

일 삼아 재미 삼아 한 번 해봐!

그러다 보면 왠지 무슨 일 해야 할 것 같고
어디 가야만 할 것 같고 또 만나야
할 것 같은 사람도 생각날 거야.

회동 수원지*

물속 하늘 높이
오륜대 기암절벽 솟아올라
구름에 닿고
물길 굽이굽이 둘러싼 높고 낮은 산
물속 하늘가 깊숙이 허리 꺾어
큰절 올린다
가던 걸음 멈추고 한참을 바라보다
문득 구름 위에 서 있는 듯
어질머리 나는데
저만치 수십 년 묵은 소나무 한 그루
또 저만치 한 그루
수면에 코를 박고 엎드려 곡을 한다
그 옛날 일제강점기
오륜동 다섯 마을 중 네 마을이 수몰되어
아무 대책 없이 내몰렸다는
찔레꽃 농민들의 울분과 원성
여태 잊지 못해서인가
바라보는 허리 아프다 말고
느끼는 가슴 더 저리다.

※ 회동 수원지 : 부산시 금정구 오륜동에 있는 수원지.

세상이 살만한 이유

내 아들 하나 죽었으면 됐지
저 사람 교도소 가면
그 어린 자식들 누가 키워?

합의금도 마다하고
아무 조건 없이 합의서에 도장 찍어주고
그도 모자라 가해자 선처를 바라는
탄원서까지 제출한 어떤 아버지

교통사고로 자식 먼저 보내는
세상에서 가장 큰 고통 겪으면서
억장이 무너지고 분통이 터지는 판에
내 자식 귀하면 남의 자식도 귀함을 몸소
행함으로 보여주는 의로운 사람

아무나 쉬이 할 수 없는 일, 오늘도
어디선가 행하고 있을 숨은 의인들 덕에
세상이 이렇게 살 만한가 보다, 고작
3%의 소금 탓에 바닷물이 썩지 않듯이.

봄비 내리던 날

거봐, 오늘도
한 분이 안 보였어

이틀에 한 번 병원 와서 네 시간씩
신장투석하고 가는 여자가
휠체어에 앉아 승강기를 기다리며
남자에게 뱉는 말이었다

당신은 아직 아냐
나하고 더 있기로 약속했잖아

타이르듯 나지막이
그러나 강한 어조의 남자 말을 끝으로
더 이상의 대화는 없었다

안 보인다는 말은 죽었다는 말의 동의어,
죽음이라는 말이 이토록 쉽고
가벼울 수가 있었던가

날마다 죽음을 생각하다
죽음이 친구처럼 가까워진 여자,

맛난 음식도 아니고 기껏 물 한 번 마음껏
마시는 것이 소원이라는 여자

봄비 같지 않게
하염없이 내리는 빗속으로
벚꽃이 지고 있었다.

공포
– 코로나19 · 1

시시각각 전해오는
코로나19 확진환자 이동경로,
거대한 공포가 되어
심신을 옥죄며 다가온다
처음엔 그저 창밖의 빗줄기처럼
저만치 비켜서 빗금 지다 말겠지 했는데
그것은 헛된 바람이고 착각이었을 뿐,
지역사회 감염이 본격화되자
곳곳에서 확진환자 폭증하고
음압병실 부족으로 치료 한번 제대로 못 받고
죽어서야 집을 나온다는 소문 무성한데,
한국인 입국 금지 국가들 늘어만 가고
마스크 사재기 생필품 사재기
별의별 가짜 뉴스 활개치고 야단인데
도대체 누구를 탓하고 원망하랴
망연히 허공 바라보다 문득,
영화 컨테이젼Contagion이 떠오르며
영화가 실화가 되어가는
속절없는 이놈의 세상,
아뜩할 뿐이다.

이방인

– 코로나19 · 2

비 온다 콩 볶는다
타닥타닥 타다닥 타다닥 탁탁
우산을 난타하는 꽤나 굵은 빗줄기,
콩 타작 소리 콩깍지 타는 소리 같아
어릴 적 고향 생각 절로 나는
정겨워야 할 그 소리가 어째 정신 사납다
코로나 19에 대한 공포와 불안
집안에 틀어박혀 짜증과 분노만 키우다
죄라도 짓는 양 마스크로 얼굴 가리고
반달 만에 해보는 잠깐 외출의 부작용인가
아파트 모퉁이 돌다 마주친
산수유 목련 노랑 하양 봄 인사,
아니, 언제 봄이 왔더래?
뭔 잘못이나 저지른 듯 숨 한번 길게 내쉬고
고개 들어 바라보는 네거리 풍경,
참 간략하다
거리엔 불 꺼진 상점 즐비하고
줄 잇던 차량들 어디로 갔는지
뻥 뚫린 도로 빗줄기만 난무하는데
아련히 사이렌 소리 들리더니
구급차 한 대 나타났다 멀어져 간다

사회적 거리두기
– 코로나19 · 3

할 일 없다 시간은 많고
뒹굴뒹굴하다 어항에 머리 부딪쳐
무심코 고개 들어 들여다보는데
금붕어들 다가와 빠끔빠끔 뭐라고 한다
뭐라 하는지 어디 한번 통해볼까?
정색하고 마주앉아 눈 맞추려 애를 써도
통하기는커녕 눈 맞추기도 힘들다
배가 고픈가, 먹이 던져주니
이놈 저놈 우르르 달려든다
그러면 그렇지, 통했다 통했어!
혼자 호들갑 떨어대는데
창밖 저만치 흰 구름 둥실 내려다보며
한심하다는 듯 웃고 있다
문득 드는 생각,
나 지금 구름과 마주보고 있는 걸까?
마주본다는 건 서로 눈 맞추고 눈으로
하는 말 눈으로 읽으며 통한다는 것인데
글쎄, 여보 요즘 우리 서로 보지 않고
말 안 해도 잘 통하지 않아?
긴긴 세월 비바람에 이목구비 다 닳아진

돌부처처럼 보지 않고 듣지 않아도
척하면 척 잘도 통하지?

재앙과 축복 사이

– 코로나19 · 4

나라마다 봉쇄조치 물리적 거리두기
코로나 19 확산 막기 한창인데
사람의 외부 활동 줄어든 빈자리에
사라져 가던 야생 동물 찾아와
자유를 구가하는 역설의 시대,
미국 관광명소 금문교에 코요테가
영국 웨일즈의 란디드노에 산양 무리가
이스라엘 항구도시 하이파에 멧돼지가
칠레 산티아고 도심에 퓨마가 활보하고,
인도 오디사주의 리들리 바다거북
브라질 페르남부쿠주의 매부리 바다거북
태국의 듀공 등 멸종위기 동물들이
10여 년 만에 출현 했다네
악명 높은 인도 뭄바이 스모그가 사라지고
세계 주요 도시 오염량이 5년 전보다
30% 이상 감소했다네
코로나 사태 발생한 지 반년도 안 되어
전 세계 감염 확진자수 천만을 넘기며
최악의 재앙이라 난리도 아니지만
생태계엔 코로나가 축복이고 행운이었네
우리가 누리는 일상의 편의가

생태계엔 목숨 줄 조이는 재앙이었네
인류가 얼마큼 거리를 유지해야
다 함께 재앙을 비켜설 수 있을까?

멈춰야 산다
– 코로나19 · 9

손들어, 움직이면 쏜다!
총 든 강도보다 더 무서운 코로나 19
꼼짝 마, 움직이면 감염된다!
언제 어디서 덮칠지
하늘과 구름 벗 삼아 고층 아파트에
숨어 산지 석 달여
창밖 강변로엔 벚꽃이 한창인데
봄은 와서 야단인데
이런저런 만남도 꽃구경 꽃놀이도
다 그만 두란다
잠시 잠깐 멈추란다
해마다 오라고 난리치던
매화 축제 벚꽃 축제 산수유 축제
다 취소란다
제발 오지 말란다
봄꽃에 홀리어 꽃놀이 나가다가
꽃상여 실려 가기 십상이란다
참자, 참아야 멈춘다
코로나 19 여기서 멈춰야 산다.

하얀 날갯짓

– 코로나19 · 10

코로나 우울 늪에 빠진 세상,
언제쯤이나 술잔 부딪치며
마음껏 사람 사는 냄새 맡아볼까
오그라든 가슴 활짝 펴볼까

엎친 데 덮친다고 역대 가장 긴 장마에
세 차례 연이은 초강력 태풍과 폭우,
TV 켜기 무섭다 곳곳에 물난리
폐허가 따로 없네

좀체 끝날 것 같지 않던 비
농담하듯 슬쩍 멎고
떗장 구름 사그라진 멍한 하늘 못 미더워
우산 챙겨 나선 수영강 둔치 산책로,
여기저기 수마 할퀸 상처 말이 아닌데

찬연한 햇살 잠깐잠깐 구름 새로 비치고
둑길 저만치 나비 한 마리, 어디서
용케 비바람 피했나 허리 꺾여 쓰러진 풀꽃
일일이 찾아다니며 위안과 용기의
하얀 날갯짓 멈출 줄 모르네.

화장장에서
– 코로나 19 · 11

코로나 19 확산된 지 1년,
여전히 끝이 날 기미가 보이지 않는
암울한 고통의 코로나 터널

슬픔이 극에 달하면 웃게 되는 것인가

일반 사망자 화장이 끝난 늦은 저녁 시간
간신히 순번을 배정받아 화장을 진행한
코로나 감염 사망자 유족 대기실,
이제 막 건네받은
친정어머니 유골함 부여안고
50대 중반의 한 부인이
히죽히죽 웃고 있다

요양병원에 계셔
1년 넘게 뵐 수 없었던 어머니,
코로나 감염자로 죽어 임종은커녕
떠나보내는 의식조차 제대로 치르지 못하고
마지막 얼굴 한번 보지 못한 채
화장부터 시작하는 엄중한 장례절차에
재가 돼서야 품에 안아 보는데

〉

죽어서, 죽어서도 씻어내지 못할
그 죄책감 어이 할꼬.

참 우습고도 어이없게
– 코로나19 · 13

지긋지긋해
코로나 19, 반복되는
텅 빈 일상
대체 인제 끝나는 거야
끝나기는 하는 거야
그냥 막 짜증나고 화가 나
밤잠마저 못 이뤄 너무 괴로워
이불 뒤집어써 귀 틀어막아
기를 쓰고 용을 쓰도
귓속 가득
미치고 환장할 시계 소리
지글지글 속 끓이다
문득
날 실어 나르는 시간의 컨베이어 벨트가
언제 어디쯤에 날 떨어뜨릴까
셈하는 소리 같아
참 우습고도 어이없게
째깍째깍 저 환장할 시침 소리
부디 오래오래 끊이지 않기를
빌고 또 빌더라고 글쎄.

| 시집해설 |

일상이 건네는 삶의 축축한 손길에 대하여

– 김한주의 시 세계

정훈

(문학평론가)

| 시집해설 |

일상이 건네는 삶의 축축한 손길에 대하여
– 김한주의 시 세계

정훈(문학평론가)

김한주의 시를 읽으면 우리가 일상에서 느낄 법한 여러 마음과 감정들을 만날 수 있다. 그만큼 그의 시는 생활에 밀착해 있되, 인간의 보편적-인 느낌을 그러안는다는 뜻으로 보아야 할 것이다. 달리 말해 김한주의 시는, 시가 흔히 꾀하곤 하는 간접어법이나 능청스러움이 적다. 이는 솔직함이되, 에두르지 않고 직접 말을 내뱉는 시적 태도다. 미덕이다. 그런 만큼 시적 수사나 세련함이 부족하달 수 있는 약점을 말할 수 있겠지만, 오히려 시인 자신을 속이는 시적 수사나 세련함은 소박하지만 솔직한 감정을 드러내는 시보다 못한 법이다. 시는 미학의 재료이자 충분조건인 장르이긴 하지만 처음부터 미적 감성을 만들어 놓고 언어를 부리는 창작태도는 독자들로 하여금 '아름다움'의 세계를 오해하거나 몰이해할 우려를 낳는다. 그러니까 모든 예술작품의 출발은 관념이 아니라 현실인 것이다. 삶을 삭제한 작품은 반짝 호기심을 살 수는 있지만 오래가지는 못한다. 이런 점에서 볼 때 김한주의 시는 일상의 풍경을 놓치지 않고 잡아내어 그 일상이 어떤 의미로 우리 인간에게 인사를 건네는지 눈여겨본다. 그러다보면 상념이 솟구쳐 오르거나 애잔한 감성이 뭉글뭉글 피어오르기도 한다. 누구나 그렇듯이 삶은 언제나 맑은 날씨로만 이루어지지 않는 법이다. 변덕스러운 날씨처럼 늘 변하는 게 '삶'이란 이름의 일기日氣다. 맑음 속에 흐림이 있고, 흐림 속에 맑음이 있듯이 삶이라는 거대한 존재의 영역에는 천변만화하는 인간의 감정과 마음들이 복잡하게 들끓고 있는 것이다. 여기에 변하지 않는 그 무엇이 있으리라 믿고 싶지만 쉽사리 발견할 수는 없다. 삶의 비밀은 여태껏 그 누구도 파헤치지 못했다. 그저 나날이 자라나고 시들어가는 초목처럼 인간의 삶이란 것도 어찌 보면 시간의 흐름에 따라 이리저리 떠다니는 부초 같은 것이 아니겠는가. 여기엔 마땅한 규율로 작용하는 법칙이나 원칙도 없다. 모든 것이 상대적이며, 절대적이거나 완전한 존재계란 없겠다는 심사를 불러일으킨다. 그러기에 삶은 궁구할수록 미궁과도 같다. 그래서 모든 시가 제각각 다른 목소리와 의미와 주제를 밝히고 있지 않나 생각이 든다. 일상에서 길어 올리는 시적 풍경에는 이러한 삶에 대한 의문 또한 묻어 있다.

지-이잉 전기톱 소리
해종일 요란하더니 아파트 단지 내
크고 작은 수목 가지 휑하니 잘려나갔다
애당초 심은 간격 무시하고
그저 더 높이 더 넓게 뻗어나가다가
서로 엉키고 부대끼던 줄기와 가지
얄짤없이 다 잘렸다
더러는 몽당비 플라타너스 가로수처럼
몸통만 남아 섬뜩하니 참담하다
수목의 모양새를 다듬고
생장의 균형을 잡기 위한 처사라지만
햇볕 가리니 조망 가리니 일부 세대의 드센
입김, 조경관리사 눈과 귀를 흔들며
애먼 가지 많이도 잘려나갔을 것이다
균형을 맞추는 일,
어디 그리 쉬운 일이던가
흔들리는 잣대에 눈먼 톱니 함부로 날뛰다
하찮게 깨어지는 균형
세상사 모두가 그저 그러려니 하자니
이제껏 날 지탱하던 것들마저

흔들거리고

–「흔들리는 잣대」 전문

애초에 편하고 자연스럽게 살기 위해 인간이 꾸며놓은 삶의 터전이지만 다양한 이해관계에 따라서 시시각각 변모하는 생활의 배경에 대한 씁쓸함이 묻어있는 시다. 아파트 단지를 더욱 풍요롭게 만들기 위해 조성한 수목들이 갑자기 잘려나가는 현실 뒤에는 얽히고설킨 사람들의 마음이 작용했다. 시인은 그런 광경을 떠올리며 생각에 잠긴다. "햇볕 가리니 조망 가리니 일부 세대의 드센/ 입김, 조경관리사 눈과 귀를 흔들며/ 애먼 가지 많이도 잘려나갔을 것이다"라 상상하는 화자의 머릿속은 이 세상이 도무지 정리되지 않은 실타래처럼 복잡한 심경으로 가득 차 있다. "하찮게 깨어지는 균형"이라 간단히 정리할 수 있는 세상살이의 부조리와 모순, 어찌 보면 한두 번도 아닌 숱하게 목격할 수 있는 삶의 단면일 것이다. '잣대'는 불균형에서 비롯하는 혼란을 미리 방지하기 위해 자연스럽게 형성해 온 인간문화의 바탕과도 같다. 서로 합의하지는 않았지만 암묵적으로 승인한 삶의 대전제 같은 것이다. 잣대이기 때문에 쉽사리 변경되지 않는다. 바뀌거나 엉클어지면 잣대라 할 수 없다. 하지만 우리 일상에는 애써 쌓아온 삶의 전제나 균형점들이 한순간에 무너지거나 기울어지는 광경을 흔히 보게 된다. 비단 위 시에 형상화된 생활소재뿐만 아니라 집단이나 공동체, 나아가 나라

사이에까지 시시때때로 돌변하는 잣대들이 숱하다. 보는 눈에 따라 잣대가 아니라 또 다른 잣대를 만들기 위한 손쉬운 도구로 존재하는 것들이 얼마나 많은가.

김한주의 시에는 일상의 불균형을 세심하게 낚아채는 눈썰미뿐만 아니라 삶이 지니는 허무함도 녹아 있다. 그가 주로 다루는 자연의 신비로움이나 인간사의 모순들도 결국 존재의 공허에 안기는 풍경일 것이다. 시간이 안겨다주는 삶에 대한 쓸쓸함, 이는 생명을 지닌 모든 존재들이 자각하든 자각하지 않든 궁극적으로 닿게 될 감정이 아닐까 생각한다. 따라서 예전부터 시인들은 인간존재의 허무함을 노래했다. 생명의 환희도 결국 공空의 바다로 가기 위한 여정에서 잠깐 내리비치는 햇살 같은 것이리라. 순조롭든, 고난의 연속이든 생명의 지속은 모두가 거쳤지만 아무도 증언하지 않은 죽음의 문에 들어서기 위한 과정이다.

노을빛 물드는 그리움같이
애잔하게 고요가 내려앉는 하구에서
강물이 슬그머니 뒷걸음친다
부서지고 갈라지며 죽기 살기로 달려와
그토록 그리던 바다를 눈앞에 두고
물길 거슬러 거꾸로 흐른다
이제 곧 바다에 들면 기나긴 여정도
끝이 나고 존재마저 사라질 텐데

헛되고 부질없어라

반나절도 못가서 되돌리고 말

허깨비 장난 같은 뒷걸음질,

저만치 돌머리 올라서서 이제나저제나

안타까이 지켜보던 왜가리 한 마리

고요를 허물며 푸드덕 날아오르자

그제서야, 타는 놀빛 온몸에 두르고

천근의 무게로 서서히 움직이는 강물,

마침내 바다를 향한 마지막 여정을 간다

어차피 가야만 하는 길,

주저 없이 담대하게 가자 마음 다잡고

다시는 돌아오지 못할 그 길을

느긋이 다시 간다.

—「마지막 여정」 전문

바다로 흘러들어가는 강물을 빗대어 생명의 유한함을 노래한 시다. "헛되고 부질없어라/ 반나절도 못가서 되돌리고 말/ 허깨비 장난 같은 뒷걸음질"은 비단 흐르는 물뿐만이 아니라 생명을 가진 모든 존재들에 내재해 있는 목숨 줄에 대한 미련과 아쉬움이다. 나고 한참 자라면서 푸르게 번창하고 확장하는 생명의 신비로움도 궁극에 가서야 이루게 될 미완의 신비일 따름이다. 모든 존재들은 왔던 곳으로 다시 되돌아간다. 사람도 예외일 수 없다. "어차피 가야만 하는 길,/ 다시는 돌아오지 못할 그 길을

/ 느긋이 다시 간다"는 화자의 담담한 진술은 누구도 되물을 수 없는 진실이다. 어떻게 보면 세상과 합일하는 사실에 삶과 죽음이 포함되어 있는 것만 같다. 즉 죽음은 세상을 떠남이지만, 이 세상과 완전한 이별을 이루어 세상 밖으로 '증발'되는 것은 아니다. 삶은 죽음과 짝을 이루어야지만 온전한 삶이 되고 그 역도 마찬가지다. 그러므로 죽음은 모든 생명체들이 한 번씩 겪게 될 수밖에 없는 운명이지만, 그 죽음 자체가 삶을 무의미하게 만들거나 내팽개쳐버려 허무하게 색칠하지는 않는 것이다. 물이 흘러 바다라는 거대한 존재의 입구에 맞닿아 스며들 듯이, 생명도 나고 죽는 과정을 거치면서 비로소 의미를 되찾는다. 따라서 '마지막 여정'이라고는 하지만 자신의 존재 의미를 뚜렷하게 할 처음이자 마지막 점을 찍는 상태일 뿐이지 않을까. 생명은 사라지거나 없어지는 게 아니라 드넓은 우주생명의 한복판으로 스며드는 것이기 때문이다.

울창하던
숲

아름드리나무 맥없이
쓰러진다

한 생을 지탱하던
버팀목

〉

한순간 자빠져 누울 때

뉘 있어 애 끓이랴

산다는 건

그저

홀로 견디다 조용히

혼자 가는 것.

—「인생」 전문

김한주의 시에 군데군데 드러나는 허무의식은 유형의 존재가 무형으로 바뀌는 생활의 경험에서 싹트는 경우가 많다. 위 시의 경우도 마찬가지다. 아름드리나무가 베이고 없어지는 광경을 보면 우리 인생도 이와 같지 않을까 유추한다. "산다는 건/ 그저// 홀로 견디다 조용히/ 혼자 가는 것"이라는 진술은 일상에서도 흔히 듣거나 내뱉는 말이다. 사는 일이 그만큼 외롭고도 쓸쓸함을 나타낸다. 희로애락에 시달리며 웃고, 울고, 괴로워하는 인간의 삶은 참으로 부질없다. 왜 사는지도 모른 채, 삶의 의미가 무엇인지도 모른 채로 우리는 그저 살아간다. 하루하루 지날수록 다가오는 죽음의 아가리를 떠올리며 소름끼치게 슬퍼하면서도 사소한 일에도 행복을 느낀다. 이런 이중적인 면모야말로 인간 삶의 특징을 가장 잘 드러낸다.

삶, 생명, 인생 등과 같은 낱말이 안기는 허무함은 본질적으로 인간이 유한한 존재이기 때문이다. 이런 말들에서 풍기는 느낌은 우리에게 지금의 삶을 되돌아보게 한다. 자기반성을 통해서 인생의 의미를 찾아가는 존재가 사람이다. 첫 울음이 생긴 때는 분명하지만 마지막 숨을 거두는 때는 가늠하기 쉽지 않다. 하지만 분명히 내게 오는 것이 바로 '죽음'이라는 현상이다. 모든 사람들은 그 죽음의 때를 떠올리다가도 하루하루를 힘겹지만 살아내야겠다는 다짐을 한다. 이는 잘 죽기 위해서인지도 모른다. 인생은 우리에게 물음을 하나 던진다. 어떻게 살아야 하는지, 아니 어떻게 죽어야 하는지 우리에게 자문해라는 물음을 던지는 것이다.

어느 날 할아버지, 여느 때 없이
저녁답에 목욕재계 하시고
흰 두루마기에 갓까지 챙겨 단장하신 후
마을 한 바퀴 돌고 오셔서
자손들 다 불러 일일이 말씀 내리시고
주무시듯 조용히 가셨다
다들 가실 때를 아신 것 같다고 했다
(…중략…)
잠은 깨어나게 되는 죽음이고 죽음은
깨어나지 못하는 깊은 잠이라 하였던가
그 말, 자기 세뇌하며 열심히 믿고 살면

이 세상 하직할 마지막 날에 다다라
석양빛에 물드는 하늘과 구름 바라보며
흔들의자에 누워 잠을 청하듯 잠잠히
다가오는 죽음의 순간 기다릴 수 있을까
그 황홀하고 아름다운 노을빛 스러지고
까만 밤하늘에 하나 둘 떠오르는
별들 사이로 한순간에 떠올라 아무런
고통도 두려움도 없이 영영 깨어나지 않는
깊은 잠 속으로 빠져들 수 있을까.

–「잠과 죽음 사이」 부분

"주무시듯 조용히 가"신 할아버지를 소재로 삶과 죽음의 의미를 궁구하게 하는 시다. 옛부터 위 시의 할아버지처럼 마치 잠을 청하듯 죽음의 문턱을 넘어선 분들의 이야기가 숱하게 전해져 내려온다. 누구나 그런 분들이 친척들 중에 있을 것이다. 조용한 죽음이라 할 수 있을까. 잠을 자듯 죽음에 들어서는 사람을 떠올리며 우리 자신도 그렇게 조용히 갈 수 있을까 자문하게 된다. 시인도 말했듯이 "잠은 깨어나게 되는 죽음이고 죽음은/ 깨어나지 못하는 깊은 잠"이다. 깨어나면 죽음을 가로질렀고, 깨어나지 못하면 영원한 잠에 든 것이다. 이 자명한 대명제 앞에서는 모든 이들이 죽음을 두려워할 필요가 없어진다. 하지만 현실은 그렇지가 않다. 죽음은 깨어나지 못하는 잠이라지만, 막상 죽음을 떠올리면 두려워하기는 매일반

이다. 그러니까 말이 그렇다는 뜻이다. 죽음에 대한 두려움을 숨기기 위해 죽음을 잠에 비유했을 수도 있겠다는 생각이 든다. 원래 사람은 두려워하는 존재나 상태를 완화하고 덜 두려워하기 위해 비유를 쓰는 일을 즐긴다. 하지만 그렇다고 해도 죽음은 영원한 잠일 수도 있겠다. 깨어나지 않기에 그렇다. 그렇다면 시제에서도 밝혔듯이 잠과 죽음 사이에는 무엇이 놓여 있을까. 깨어남과 깨어나지 못함 사이에는 어정쩡한 깨어남이나 어정쩡한 깨어나지 못함이 있을까. 아무래도 죽음은 인간이 풀려 해도 도저히 풀 수 없는 숙제인 것만은 분명하다. 그래서 문명 이래로 죽음을 소재로 한 작품이 가장 많은 듯하다. 풀 수 없는 숙제인 만큼 어떻게 해서라도 접근하려는 것이다. 시인도 문득 죽음에 대해 생각을 하면서, 영원한 숙제인 삶과 죽음의 상관성을 궁구했을 것이다. 유난 떨지 않고 조용히 이 세상을 떠나는 상상을 하며 위 시를 썼다.

김한주의 시는 소재가 다채로우면서도 일상에서 가장 흔하게 느끼거나 생각하는 소재를 다루기에 접근하기 편하다. 보편적인 감성과 생각을 드러낸다. 따라서 시를 읽으며 공감하게 된다. 이건 분명 미덕이다. 사람과 자연, 그리고 지난날의 추억을 통해 자연스럽게 시의 형식으로 끌어낸다. 특히 부모에 대한 소재가 눈에 띈다. 나이를 먹어갈수록 부모나 고향에 대한 생각을 많이 하게 되는 게 인지상정일 것이다. 시도 마찬가지다. 우리 시에서 고향이나 부모에 대한 시가 많은 까닭도 여기에 있다. 인지상

정의 미, 인간의 보편적인 감정을 시인 또한 마다하지 않는다.

아버지 떠나신 지 어언 사십 년,
생전에 투병생활 약하고 흐트러진 모습
행여 보일까 현몽 한번 않으시더니

내 나이 예순 넘어서부터
나보다 다섯 살 더 먹은 형님 얼굴에서
아버지 모습이 설핏설핏 비쳤다

(…중략…)

형님 가시고 이태 조금 더 지난 요즈음
거울 속 내 얼굴 위로 언뜻언뜻
가신 형님 모습이 아련하게 비치는데

설령 그것이 죽음이 다가오는 신호라 해도
사진 한 장 없어 더 간절한 아버지 얼굴,
형님 너머 뵐 수 있어 좋기만 한데.

—「얼굴 너머 보이는 얼굴」

혈육지간이라는, 부정하고 싶어도 결코 부정할 수 없는 피의 유전을 생각하면 복잡한 심사가 드는 게 사실이다.

부모와 형제가 주는 애틋한 정과 골육의 감촉은 죽음에 이르러서야 실체를 드러낸다. 먼 조상 때부터 이어져온 유전의 이미지는 평소에는 잘 느끼지 못하다가 죽음을 겪고 나서야 뚜렷해진다. "내 나이 예순 넘어서부터/ 나보다 다섯 살 더 먹은 형님 얼굴에서/ 아버지 모습이 설핏설핏 비쳤다"는 고백만큼 혈육에 대한 생생한 실토도 없다. 말로 설명할 수 없는 피의 형체는 아버지의 아버지 때부터, 나아가 아들의 아들에까지 연결되어 있다. 단순히 닮았다고 하기에는 뭔가 부족한 '가족 리얼리즘'을 어떻게 설명할 수 있겠는가. 아버지를 닮은 형님과, 형님을 닮은 나, 그리고 형님 너머에서 어른거리는 아버지의 얼굴, 이 모든 얼굴 이미지들이 몸속을 순환하는 피처럼 서로 이어져 있는 것이다. 그러니 결코 부정할 수 없는 무언가가 있다. 살아생전에는 데면데면하거나 괴리된 듯 서로 밀어내고 싶었어도 어느 한 쪽이 병들거나 운이 다해 세상을 떠나게 되면 그렇게 강한 인력引力을 느끼지 않을 수 없다. 얼굴 너머 보이는 얼굴은, 이렇게 부정하고 싶어도 결코 부정할 수 없는 혈육이라는 이름의 얼굴이다.

시인으로서는 드물게 해군장교 출신인 김한주 시인은 이번 시집에서 군 시절의 경험을 추억한 시편들을 몇 편 실었다. 어찌 잊을 수가 있겠는가. 해역을 지키며 철저한 군인정신으로 나라를 위해 복무한 그의 삶에 경의를 표하며 다음의 시를 살펴보고자 한다. 군인으로서 삶을 떠나보내고 이제는 어엿한 시인이 되어 말의 경계를 지키고 있는 그의 모습이 아름답다. 무기와 언어, 혹은 군인과 시인이 곧잘 어울릴 것 같지 않은 듯하지만 극과 극은 통한다는 의미에서, 아니 강함과 부드러움은 서로 연결되어 있다는 의미에서 그의 시 세계가 어떻게 변모할지 주목하고 싶다.

어둑새벽
흐릿한 의식 속에 아주 먼 데서
어렴풋이 들려오는 소리,
우~우우웅 쏴~아아아
바람 소리 같고 파도 소리 같은
서늘한 기운이 전신을 엄습하는데
얼어붙는 가슴 손가락 하나 옴짝 못하고
곤두서는 신경만 귀로 달린다
유년 시절,
날 저무는 줄 모르고 고향 뒷산 솔숲에서
망태기 가득 솔가리 긁어 모우다
어둠이 내려앉는 산길 부리나케 내려올 때
으스스 뒤에서 불어오던 솔바람 소리인가
함정근무 시절,
칼바람 드센 겨울밤 접적해역 경비하다
새벽 늦게 새우잠이라도 청할라치면
침실 싸늘한 철판 벽 저 너머로 달려들던
아귀 같은 그 파도 소리인가
잠결에 귀로 우는 먼 옛날의

간담이 서늘하던 그 바람 소리 파도 소리,

오늘은 차라리 그리운 소리,

소리이어라.

－「귀로 우는 소리」 전문

현실에서 들리는 소리를 매개로 함정근무 시절을 떠올렸다. 새벽녘 흐릿한 의식 속에서 들리는 소리가 "함정근무 시절,/ 칼바람 드센 겨울밤 접적해역 경비하다/ 새벽 늦게 새우잠이라도 청할라치면/ 침실 싸늘한 철판 벽 저 너머로 달려들던/ 아귀 같은 그 파도 소리"를 연상하게 하지만 오히려 "오늘은 차라리 그리운 소리"가 된다. 경험을 공유하는 자에겐 소리와 냄새, 그리고 특유의 분위기조차 시간이 지나면 그리운 대상이 된다. 현실의 소리는 과거의 소리를 불러일으키고, 삼엄했던 지난날의 시간들이 오히려 지금의 안온한 시간을 밀어내고 다시 자리를 잡았으면 하는 생각이 드는 것이다. 아무튼 시인은 과거의 시간과 현재의 시간이 교차하는 지점에 서성댄다. 사람은 좋든 싫든 과거를 회상하면서 지금 이곳의 삶을 반추한다. 시는 시공을 초월한 말들의 잔치이자 언어의 페스티벌이다. 숱한 상념들이 말들의 기호로 수렴되고 정리가 된다. 이것이 시가 주는 매력이다. 시인은 현실에서, 또는 과거에서 언제든지 손을 내밀며 악수를 청하는 소재들에 응답하는 존재다. 김한주의 시는 대체로 삶의 여정에서 결국 가뭇없어져 버리는 시간의 오솔길에 대한 그리움의 언어라 할 수 있다. 모든 시가 그렇겠지만, 김한주의 시 또한 시간에 농축된 눈길을 준다. 그러면서 삶의 생동하는 존재성에 대한 감탄도 잊지 않는다. 개인적 소회를 주로 담되 코로나19 시편들처럼 사회적 관찰 또한 접어두지 않는다. 서정은 어디에서 오는 것일까. 숱한 시인들이 흘리고 갔을 진한 서정의 세계에 시인도 진입한다. 지금의 세계에서 보고 듣고 겪는 수많은 존재들에 눈길을 주면 어느새 시인에게 내미는 축축한 손길을 느낄 수 있을 것이다. 일상에서 시작했지만, 그 일상의 풍경을 매개로 시간을 횡단하는 말들의 꽁무니가 '시'라는 이름으로 흔적을 남긴다. 김한주의 시는 그렇게 탄생했다.